Une révélation troublante

HEIDI RICE

Une révélation troublante

Traduction française de
EMMANUELLE DETAVERNIER

AZUR

HARLEQUIN

Collection : Azur

Titre original :
REVEALING HER BEST KEPT SECRET

HARPERCOLLINS FRANCE
83-85, boulevard Vincent-Auriol, 75646 PARIS CEDEX 13
Service Lectrices — Tél. : 01 45 82 47 47 - www.harlequin.fr
ISBN 978-2-2804-9354-3 — ISSN 0993-4448

Composé et édité par HarperCollins France.
Imprimé en septembre 2023 par CPI Black Print (Barcelone)
en utilisant 100% d'électricité renouvelable.
Dépôt légal : octobre 2023.

FSC www.fsc.org MIXTE Papier issu de sources responsables FSC® C159065

Pour limiter l'empreinte environnementale de ses livres, HarperCollins France s'engage à n'utiliser que du papier fabriqué à partir de bois provenant de forêts gérées durablement et de manière responsable.

1

Inutile de paniquer. Brandon Cade l'avait sûrement oubliée.

Retenant un soupir, Lacey Carstairs se récitait ce mantra en boucle dans l'espoir de se calmer, en vain. Son cœur battait à tout rompre, tant elle redoutait de retrouver l'homme qui l'avait brisée, piétinée avec ses luxueux mocassins italiens.

— M. Cade pourra-t-il bientôt me recevoir ? demanda-t-elle à la réceptionniste.

Son bureau à la décoration sobre mais élégante se situait dans la tour Cade, qui trônait dans le sud de Londres.

— M. Cade a un emploi du temps très chargé, rétorqua celle-ci d'un air hautain. Je crains que cet entretien ne soit pas une priorité, mais il ne devrait plus tarder. Il a un rendez-vous à Paris dans deux heures, précisa-t-elle en consultant sa tablette.

— Deux heures… ? répéta Lacey.

Avec un peu de chance, il n'aurait même pas le temps de la recevoir. Il fallait bien plus que cela pour rejoindre la capitale française…

— Il y a un héliport sur le toit, précisa la réceptionniste comme si elle avait lu ses pensées. Il ne partira pas avant 14 heures.

Merveilleux…

— Je vois…

L'Univers avait donc décidé de ne lui offrir aucun répit. Le seul point positif était qu'il ne pourrait pas la retenir longtemps – une heure tout au plus – avant de quitter le pays.

Malgré elle, son regard se posa sur la grande baie vitrée offrant une vue magnifique sur la Tamise qui serpentait paresseusement entre les immeubles de La City, le centre financier de Londres. Cet incroyable panorama convenait parfaitement au dirigeant du plus grand empire médiatique d'Europe et soulignait encore son importance et sa puissance.

À cette idée, l'estomac de Lacey se serra douloureusement.

Par un malheureux coup du destin, Tiffany Bradford, la journaliste la plus réputée du magazine, avait attrapé la grippe. Lacey avait donc été sélectionnée pour la remplacer. Et à moins de prendre le risque de détruire sa carrière pour la seconde fois, ou de trouver une explication plausible pour laquelle elle était probablement la seule femme de l'Univers qui préférait se tirer une balle dans le pied plutôt que de passer soixante minutes en tête à tête avec le célibataire le plus riche, le plus séduisant et le plus convoité du monde, elle allait devoir l'interviewer. Elle n'avait pas le choix.

Melody ne lui avait d'ailleurs pas donné l'occasion de refuser. Cette interview était extrêmement importante pour le *Splendour magazine*. Il avait fallu trois mois de négociations intenses entre l'éditeur en chef et le service des relations publiques de Cade Inc pour parvenir à un accord.

Pour autant, Lacey avait parfaitement conscience que cette interview n'aurait sans doute pas eu lieu sans le scandale médiatique causé par la publication du livre de l'ex-maîtresse de Cade qui menaçait la signature de plusieurs contrats avec les États-Unis.

Misty Goodnight y décrivait son ex-amant comme un homme incroyablement séduisant, puissant et viril qui traitait ses partenaires avec le détachement, la froideur et l'implacabilité avec lesquels il gérait l'empire dont il avait hérité de son père à dix-sept ans à peine.

L'affaire avait fait la une de la presse à scandale qui s'était fait une joie de relayer ses nombreuses descriptions des prouesses sexuelles de Cade, n'hésitant pas à utiliser les passages les plus explicites et croustillants pour satisfaire la curiosité malsaine de ses lecteurs.

Lacey savait d'expérience que Misty – ou plutôt l'armée d'écrivains fantômes qui avait écrit son livre – ne mentait pas. Des images du corps nu de Cade s'imposèrent soudain à son esprit, et ses mamelons durcirent aussitôt.

Les instants qu'ils avaient partagés remontaient à cinq ans. Les délicieuses sensations qui torturaient son corps en ce moment étaient la preuve irréfutable de l'impact que Brandon Cade avait eu sur elle et sur son corps.

Il ne se souviendra pas de toi.

Leur liaison avait été si brève qu'il ne se rappelait probablement même pas son visage. Et même si c'était le cas, elle avait tellement changé qu'il y avait peu de chance qu'il réalise qui elle était. Non seulement elle avait perdu du poids, mais elle avait également coupé ses cheveux et revu complètement sa garde de robe. Les tenues chics et élégantes avaient remplacé les vêtements de seconde main. Sans compter qu'elle avait également changé de nom.

Vraiment, elle n'avait plus rien de commun avec la jeune stagiaire naïve et stupide qui s'était laissé séduire par l'homme qui avait ensuite ruiné sa carrière. Elle n'avait d'ailleurs jamais compris pourquoi il l'avait fait virer.

Elle n'avait pas cherché à s'immiscer dans sa vie ou à lui arracher une promesse. Au contraire, elle avait su d'instinct qu'elle n'avait rien à attendre de lui après leur rencontre explosive, mais ça n'avait rien changé. Brandon Cade était un homme abject, paranoïaque et cruel.

Il ne fallait surtout pas qu'il découvre la vérité à propos de Ruby...

Malgré elle, Lacey frissonna. Le jour viendrait sans doute où sa fille souhaiterait rencontrer son père biologique, mais, pour l'instant, il valait mieux garder le secret.

Après la façon dont Cade l'avait traitée, elle ne pouvait s'imaginer lui avouer qu'elle était tombée enceinte et qu'il avait une fille. Dieu seul savait comment il allait réagir, et il était hors de question que Ruby souffre par sa faute. Elle était prête à tout pour lui épargner le calvaire qu'elle avait elle-même vécu dans son enfance.

Se frottant les bras, elle tenta de se réchauffer… et de se rassurer. Elle avait changé, évolué, grandi… Non, elle n'était plus cette jeune fille de dix-neuf ans qui ne connaissait rien à la vie. Elle était plus mature, plus intelligente et bien plus détachée qu'autrefois… exactement comme Cade. Elle n'avait donc aucune raison de s'inquiéter qu'il découvre la vérité. Brandon Cade ne voulait pas d'enfant. Il l'avait admis lors d'une interview. Rien ne la forçait donc à mentionner Ruby.

Le téléphone de la réceptionniste sonna, la faisant sursauter.

— Je vous l'envoie tout de suite, déclara la jeune femme avant de raccrocher.

Se tournant vers elle, elle ajouta :

— L'assistant de M. Cade vous attend au dernier étage. Vous pouvez prendre l'ascenseur.

Lacey la remercia et traversa le hall d'entrée d'un pas décidé en s'efforçant d'ignorer les battements désordonnés de son cœur. Comme elle entrait dans la cabine aux parois transparentes, elle tenta de se calmer en reprenant sa litanie silencieuse.

Brandon Cade ne se souvenait pas d'elle. Elle n'avait rien à craindre, rien à craindre du tout.

2

Brandon Cade fixa son attention sur la Tamise, quatre-vingt-cinq étages plus bas, inspirant profondément avant d'expirer lentement.

Cette technique lui avait permis de maîtriser parfaitement ses émotions jusqu'à paraître impassible en toute circonstance. C'était pourtant la première fois qu'il l'utilisait pour maintenir l'apparente froideur dont il faisait preuve naturellement lors d'une simple rencontre avec une journaliste.

C'était vraiment ironique, quand on y pensait. Il détestait s'entretenir avec la presse alors qu'il était à la tête d'un véritable empire médiatique. Cade Inc possédait une dizaine de journaux à travers le monde, plusieurs chaînes de télévision en Angleterre et en Europe, et était en pleines négociations pour acquérir une importante société sur le continent américain.

Il y avait néanmoins une différence de taille : Cade Inc ne traitait que des informations sérieuses. Il ne possédait aucun magazine féminin, ne s'intéressait pas aux réseaux sociaux et détestait le genre d'articles que *Splendour* publiait régulièrement, un ramassis de détails croustillants, de confidences ou de confessions censés attiser la curiosité du public.

Pourtant, il s'apprêtait à rencontrer l'une de leurs journalistes – si on pouvait vraiment les appeler ainsi – à cause d'une femme qui l'avait lassé à peine dix minutes après qu'il eut partagé son lit. C'était intolérable !

Misty allait payer, bien entendu. Il avait d'ailleurs déjà

porté plainte contre elle. Quant à son livre, grâce au talent de ses avocats, ce ramassis de mensonges ridicules ne serait jamais publié.

Malheureusement, certains passages avaient fuité sur Internet, compliquant les négociations avec le très conservateur Dixon Media Group d'Atlanta. Il n'avait donc pas d'autre choix que de limiter la casse.

Serrant le poing, il s'efforça à nouveau de retrouver son calme. Il était le seul à blâmer dans cette histoire. Après tout, c'était lui qui avait entamé une liaison avec une influenceuse célèbre. Il ne pouvait s'en prendre qu'à lui-même...

— Monsieur Cade, Mlle Carstairs de *Splendour magazine* est arrivée, annonça Daryl, son assistant. Dois-je la faire entrer ?

Brandon ferma un instant les yeux avant de hocher la tête.

— Oui.

Se tournant vers la fenêtre, il inspira profondément pour se détendre, mais sa respiration se bloqua soudain dans sa poitrine quand une jeune femme vêtue d'un tailleur sobre entra dans son bureau. Un frisson d'excitation le saisit, se répercutant dans tout son corps, et d'étranges sensations dont il avait oublié l'existence depuis cette nuit torride, cinq ans plus tôt, se réveillèrent brusquement en lui.

Plissant les yeux, il dévisagea la jeune inconnue, à la fois étonné et furieux de la réaction de son corps. Que diable lui arrivait-il ?

— Mademoiselle Carstairs, voici M. Cade, précisa Daryl. Vous avez exactement vingt minutes avant le départ de M. Cade pour Paris. Souhaitez-vous boire quelque chose ?

— Non, merci, répondit-elle d'une voix veloutée qui renforça encore son trouble... ainsi que sa confusion.

À en juger par la façon dont elle serrait son sac à main, elle était nerveuse, ce qui était aussi bien. Il ne voulait pas d'elle ici. Pourtant, quand elle traversa la pièce, les effluves de son parfum fruité l'enveloppèrent, et il retint un juron comme une vague de désir montait en lui.

Non seulement il se retrouvait forcé de parler de sa vie privée avec une parfaite inconnue, mais sa blouse en soie bleue au décolleté modeste ainsi que sa jupe soulignaient la perfection de ses courbes, manquant le rendre fou.

— Asseyez-vous, mademoiselle Carstairs, dit-il d'un ton sec comme Daryl quittait la pièce.

Ce n'était pas le moment de se laisser distraire. Il devait en finir, au plus vite...

— Comment vous appelez-vous ? demanda-t-il, curieux.

Il voulait en savoir plus, étudier ses réactions, car pour l'instant elle avait le dessus sur lui, et il détestait cela. Comme il l'espérait, sa question sembla la déstabiliser.

Levant la tête, elle plongea brièvement son regard dans le sien avant de se détourner. Ses yeux couleur chocolat parsemés de paillettes ambrées avaient quelque chose de félin... exactement comme la femme qu'il s'était efforcé d'oublier depuis cinq ans.

Il faisait trop sombre pour en déterminer la couleur, mais leur forme l'avait marqué quand il lui avait fait l'amour, non, plutôt quand il l'avait prise sauvagement dans le bureau du directeur du club. Il se rappelait également la chaleur de sa peau et ses gémissements quand elle avait joui entre ses bras.

Son entrejambe le serra douloureusement et il retint une grimace. Il devait impérativement se concentrer et oublier ces souvenirs brûlants. L'enjeu de cet entretien était trop important pour se laisser distraire aussi facilement.

La jeune femme croisa une seconde fois son regard avant de baisser aussitôt la tête, mais il eut le temps de noter la lueur de désir qui s'y était allumée. De toute évidence, elle était également attirée par lui, mais ne semblait pas vouloir qu'il le sache. Étrange... La plupart des femmes étaient prêtes à tout pour partager son lit.

— Lacey, répondit-elle enfin d'une voix tremblante. Lacey Carstairs.

Toujours sans le regarder, elle rajusta sa jupe avant de s'installer sur le siège qu'il lui avait indiqué. Son geste attira son attention sur ses fesses fermes et rondes, et il retint un autre juron. Cherchait-elle à le provoquer ?

Il ouvrit la bouche, mais la referma aussitôt en notant combien elle avait l'air nerveuse. Non, c'était plus que ça. Elle était terrifiée. Il suffisait de voir la façon dont ses articulations avaient blanchi comme elle serrait son portable, pour s'en convaincre.

Elle avait vraisemblablement compris qu'il n'avait accepté cette interview que parce qu'il n'avait pas d'autre choix. Et si elle avait pris la peine de faire des recherches, elle avait sans doute conscience qu'il valait mieux ne pas s'attirer les foudres d'un homme aussi puissant que lui.

Il n'hésitait jamais à punir ceux qui se mettaient sur son chemin ou cherchaient à lui nuire. Il avait d'ailleurs la réputation d'être sans pitié envers ses ennemis, et ils étaient nombreux à avoir payé le prix de leur stupidité ou de leur incompétence.

La naïve jeune femme qui avait cherché à le piéger en le séduisant ce soir-là en avait fait l'amère expérience. Elle avait cru qu'il suffisait de lui offrir sa virginité pour qu'une simple attirance sexuelle se transforme en quelque chose de plus sérieux. Quelle idiote !

Avisant la tournure que prenaient ses pensées, il fronça les sourcils. Pourquoi songeait-il de nouveau à elle ? Cinq ans s'étaient écoulés depuis cette fameuse nuit. Ce n'était pas dans son genre de s'appesantir ainsi sur le passé.

— Voyez-vous un inconvénient à ce que j'enregistre cette conversation, monsieur Cade ? demanda la journaliste, le ramenant à la réalité.

Notant le léger tremblement de ses doigts, il ne put s'empêcher de vouloir la taquiner un peu.

— Allez-y, Lacey.

Elle se raidit aussitôt et il retint un sourire. Il n'avait pas l'intention de la laisser imprimer quoi que ce soit sans son accord. Son équipe de relations publiques avait d'ailleurs obtenu un droit de regard sur l'article avant sa publication.

— Et, je vous en prie, appelez-moi Brandon, ajouta-t-il.

Visiblement surprise, elle releva la tête, et leurs regards se croisèrent. Une vague de désir, plus puissante que la précédente, monta en lui, mais il y était préparé.

Loin de la combattre, il l'accueillit, amusé et ravi de découvrir l'étincelle brûlant dans ses yeux chocolat et la rougeur gagnant ses joues, la preuve qu'elle ressentait elle aussi cette intense connexion.

Cinq ans plus tôt, il avait été furieux et presque embarrassé qu'une inconnue puisse éveiller de telles sensations en lui, mais les choses avaient bien changé. Depuis sa liaison avortée avec Misty, il n'avait pas eu l'occasion de prendre du bon temps. Alors, pourquoi ne pas s'amuser un peu et voir où tout cela allait le mener ? Il n'avait rien à perdre.

À trente et un ans, il était plus cynique et plus impitoyable que cinq ans plus tôt. Lacey Carstairs était incroyablement attirante, mais il ne risquait pas d'oublier ses principes et la laisser pénétrer ses défenses. C'est une erreur qu'il n'avait commise qu'une seule fois et qu'il n'avait pas l'intention de répéter.

Lacey Carstairs n'en demandait sans doute pas tant. Comme journaliste, elle était sans doute habituée à séduire ses interlocuteurs afin de gagner leur confiance et de recueillir leurs confidences. Son comportement – le léger tremblement de sa voix ainsi que son regard fuyant – n'était sans doute qu'une stratégie savamment mise au point pour désarmer sa cible.

Cette approche aussi efficace qu'originale l'amusait néanmoins énormément. Depuis combien de temps n'avait-il pas pris autant de plaisir à la perspective de séduire une femme ?

— Et si nous commencions, Lacey ? s'enquit-il d'une voix rauque, lourde de désir, tout en plongeant son regard dans le sien.

Elle cilla, visiblement paniquée avant d'inspirer et d'expirer lentement, attirant son attention sur ses seins ronds bien visibles sous son chemisier.

Une flèche de désir brûlante se ficha dans ses reins et il s'appuya contre son bureau. Croisant les bras, il retint un sourire en avisant le regard de la jeune femme posé sur son biceps.

La partie est gagnée !

Se mordillant la lèvre, elle releva le menton comme pour lui prouver qu'elle n'était pas intimidée et posa sa première question.

Brandon l'écouta tout en retenant un sourire. Elle n'avait aucune idée de ce qui l'attendait...

— Excusez-moi de vous déranger, monsieur Cade, mais l'hélicoptère est prêt à partir.

Oh ! merci, mon Dieu !

Lacey retint un soupir de soulagement comme l'assistant de Brandon Cade apparut pour mettre fin aux vingt minutes les plus longues de toute son existence.

Comment avait-elle pu croire qu'elle était prête à revoir cet homme alors que le moindre détail de son apparence la mettait au supplice ? Il y avait la façon dont ses yeux vert émeraude s'assombrissaient quand ils se posaient sur elle, ou celle dont son torse plus musclé que cinq ans plus tôt était bien visible sous sa chemise hors de prix. Quant à ses cuisses... elle brûlait d'y poser la main pour en apprécier la fermeté.

Il y avait aussi sa voix profonde et sensuelle qui semblait lui caresser la peau quand il parlait, et ce frisson intense et délicieux qui se propageait en elle quand il prononçait son prénom d'un ton presque érotique. Aucune femme au monde n'aurait pu y résister, et il en avait probablement conscience.

Brandon Cade était sans aucun doute l'homme le plus séduisant et sexy qu'elle ait jamais vu, mais elle n'était plus la jeune fille naïve et crédule qu'elle était cinq ans plus tôt. Non, elle était à présent une femme accomplie, une journaliste qui prenait sa carrière au sérieux même s'il ne semblait pas la considérer comme telle, à en juger par sa façon de l'observer d'un air moqueur.

Leur liaison – si on pouvait vraiment appeler ainsi leurs

ébats passionnés dans un bar – avait été si brève qu'il lui était facile de considérer Brandon Cade comme un étranger qui ne partageait rien avec sa fille si ce n'était son code génétique. Mais à le voir ainsi, d'aussi près et en pleine journée, elle ne pouvait plus se leurrer.

Quand elle avait étudié son visage, elle avait aussitôt reconnu ce vert intense et vibrant qui caractérisait si bien le regard de Ruby. Las, si les yeux de leur fille brillaient de joie et d'innocence, ceux de Brandon semblaient sans pitié et méfiants comme si leur propriétaire observait ceux qui l'entouraient dans le seul but de trouver leur point faible. Elle avait d'ailleurs failli suffoquer tant elle craignait qu'il découvre son secret.

Ruby avait également une mignonne petite fossette à la joue gauche qui apparaissait quand elle éclatait de rire. Si elle était aussi présente chez son géniteur, le cynisme de ses sourires lui ôtait tout son charme. Brandon Cade ressemblait à un prédateur, un grand fauve prêt à bondir sur sa proie pour la dévorer.

C'était un homme redoutable, mais ce qui le rendait aussi dangereux était sa capacité à lui faire oublier toute prudence. Elle savait de quoi il était capable, mais elle ne pouvait pas empêcher son cœur de battre la chamade quand il plongeait son regard dans le sien ou changeait légèrement de position, le tissu de ses vêtements se tendant pour souligner sa carrure impressionnante.

Ils ne s'étaient pas revus depuis cinq ans, mais il lui avait suffi de vingt minutes pour lui donner l'impression d'être redevenue cette jeune fille qui avait commis la pire erreur de sa vie. Une erreur qu'elle n'arrivait pourtant pas à regretter entièrement, car elle lui avait donné Ruby.

— Le moment est venu pour moi de partir. Merci de m'avoir accordé votre temps, monsieur Cade, ajouta-t-elle en coupant l'enregistrement. Je vous enverrai une copie de mon article par mail. Je vous souhaite une excellente journée, conclut-elle en glissant son portable dans son sac.

Cette interview avait été une véritable perte de temps. Cade n'avait pas répondu à une seule de ses questions, les redirigeant avec habileté vers des sujets moins sensibles qui semblaient lui tenir à cœur. Elle avait pourtant fait un effort considérable pour se montrer incisive, en vain.

Melody serait sans doute déçue, mais sa réaction ne l'inquiétait pas outre mesure. Après tout, elle s'attendait sans doute à ce que Lacey échoue à obtenir des détails croustillants sur sa liaison avec Misty. Non, le véritable objectif de cet article était de rendre les lecteurs jaloux. Contrairement à elle, ils n'avaient pas la chance de discuter et de se rapprocher de Brandon Cade.

Aucun d'entre eux n'imaginait d'ailleurs à quel point elle avait été proche de lui autrefois… et c'était aussi bien. Elle avait rempli sa mission, l'essentiel était là.

Les jambes tremblantes, elle se leva et se dirigea vers la porte, prête à s'échapper enfin quand sa voix profonde résonna, la clouant sur place.

— Pas si vite, Lacey.

Tournant la tête, elle avisa qu'il l'observait d'un air amusé, une lueur de défi brillant dans ses yeux comme si sa réaction le divertissait, ce qui était probablement le cas.

— Pourquoi vous ne m'accompagneriez pas ? proposa-t-il d'un air nonchalant sans pour autant la quitter du regard. Vous n'avez pas eu l'opportunité de me poser les questions qui vous tenaient à cœur.

— Vous accompagner où ? bredouilla-t-elle, perplexe et méfiante.

Ses yeux verts parcoururent lentement son corps avant de remonter sur son visage, et elle se mordit la lèvre.

Priant pour qu'il n'ait pas remarqué les battements frénétiques de son cœur ainsi que ses tétons durcis par le désir, elle se força à l'affronter.

Las, Brandon sourit paresseusement comme s'il avait perçu son trouble et cherchait délibérément à lui faire perdre ses moyens.

— À Paris, bien sûr, répondit-il en souriant davantage.

Comme par magie, la fossette apparut sur sa joue gauche, lui rappelant à la fois sa fille et soulignant la différence qui les séparait. C'était horriblement perturbant.

— Vous n'êtes pas sérieux ?

Cherchait-il à se moquer d'elle ou tout simplement à s'amuser avec elle ? Et pourquoi la regardait-il de cette façon ? Comme si sa réponse comptait pour lui ? C'était insensé.

— Je suis on ne peut plus sérieux, déclara-t-il, son sourire se faisant plus tranchant comme il plissait les yeux. J'ai justement besoin d'une partenaire pour le bal de ce soir.

— Je suis une journaliste people, lui rappela-t-elle.

Dès son entrée dans son bureau, elle avait senti qu'il détestait sa profession. Son hostilité à peine contenue avait d'ailleurs été plus facile à gérer que l'étrange atmosphère qui s'était installée entre eux durant leur entretien. Son ton s'était fait plus chaleureux et sa voix plus profonde et sensuelle comme il répondait à ses questions tout en faisait de nombreux sous-entendus qui l'avaient déstabilisée.

Au début, elle avait réussi à se convaincre qu'elle avait tout imaginé. Ce n'était sans doute qu'un vestige du doux rêve de la jeune fille naïve tombée sous son charme cinq ans plus tôt avant d'être brutalement ramenée à la réalité. À présent, elle n'en était plus aussi sûre...

Il y avait quelque chose dans sa façon de la regarder avec attention, mais également avec intérêt, comme s'il ressentait lui aussi ce courant électrique qui lui parcourait le corps depuis qu'il avait prononcé son prénom. Son être entier vibrait d'une étrange pulsation qui résonnait au plus profond de son être.

Une part d'elle-même rêvait d'ailleurs de répondre à son appel quand un autre lui soufflait de ne surtout pas céder à la tentation. Elle ne pouvait pas se permettre de commettre une telle erreur. Le risque était trop grand. Brandon Cade n'avait rien à lui offrir, et ne manquerait pas de la faire souffrir de nouveau. Mais il n'y avait pas que cela, elle devait aussi penser à Ruby, sa précieuse petite fille dont elle avait réussi à lui cacher l'existence depuis maintenant cinq ans.

— Je le sais bien, dit-il, la tirant de ses pensées. N'est-ce pas justement l'opportunité dont vous rêviez ? Une chance de m'observer dans mon habitat naturel, si je puis m'exprimer ainsi ?

Lacey ouvrit la bouche, mais la referma aussitôt. Il avait parfaitement raison. Elle ne pouvait d'ailleurs pas refuser son offre sans une bonne raison, mais elle devait rester prudente. Il allait sûrement se poser des questions si elle déclinait son offre de but en blanc.

— Je... C'est une opportunité en or, c'est vrai, mais êtes-vous vraiment prêt à me laisser vous accompagner ?

Ils savaient tous les deux qu'elle ne pourrait rien publier sans son accord préalable, mais permettre à une journaliste de le suivre lors d'un événement relevant de sa vie sociale était une décision assez inattendue venant de lui.

— J'ai du mal à y croire... surtout après ce qui s'est passé avec Misty, ajouta-t-elle.

Loin de le vexer ou de l'ennuyer, sa remarque sembla l'amuser.

— Touché, murmura-t-il en riant avant de plonger son regard dans le sien.

L'étincelle brillant dans ses yeux lui arracha un nouveau frisson de désir. Pour la première fois depuis son entrée dans son bureau, il avait perdu son air cynique, et elle avait du mal à se concentrer sur la conversation tant le voir ainsi était aussi surprenant que fascinant.

— Avez-vous l'intention d'écrire un article sur mes prouesses sexuelles, Lacey ?

À ces mots, ses joues s'embrasèrent et elle secoua la tête avec force.

— Bien sûr que non ! Je suis journaliste. Je ne m'intéresse pas à vos prouesses...

Elle s'interrompit, incapable de continuer, ce qui sembla renforcer son hilarité. Cette satanée fossette était d'ailleurs bien visible à présent...

— Dans ce cas, nous ne devrions pas avoir de problème, n'est-ce pas ? s'enquit-il comme si la question était réglée.

— Je suppose que non.

— Vous avez votre passeport avec vous, je crois ?

Sans lui laisser le temps de répondre, il poursuivit :

— Vous en avez eu besoin pour passer la sécurité avant d'entrer dans mon bureau.

Réalisant soudain qu'il avait pris sa remarque précédente comme la preuve qu'elle l'accompagnait à Paris, elle commença à paniquer.

— J'ai mon passeport, mais je ne crois pas que...

— Daryl, la coupa-t-il, demandez à Jennifer de réserver une suite au George-V pour Mlle Carstairs. Prévenez aussi le pilote qu'elle nous accompagnera, ordonna Brandon en la prenant par le coude pour la guider hors de son bureau.

— Attendez ! fit-elle en s'efforçant d'ignorer les picotements de sa peau. Je n'ai rien à me mettre !

Peut-être qu'elle réussirait à le décourager si elle se concentrait sur l'aspect pratique des choses ? Et, en parlant d'aspect pratique, elle avait également une fillette de quatre ans qui l'attendait à la maison et à qui elle devait lire une histoire avant de la mettre au lit...

Brandon acquiesça, les yeux rivés sur elle, mais toute trace d'amusement avait disparu. Il n'avait pas l'intention de la laisser s'échapper aussi facilement et, pour être honnête, elle n'était pas certaine d'en avoir vraiment envie.

Ruby l'attendait pourtant à la maison, mais c'est Milly, sa tante, qui allait devoir se charger du rituel du soir auquel elles tenaient tant toutes les deux. Et il y avait aussi l'homme qui se tenait là, devant elle, et qui ignorait l'existence de sa fille...

Elle avait pris cette décision cinq ans plus tôt sans hésitation ni regret, mais c'était la première fois qu'elle se sentait coupable. Elle n'avait pourtant aucune raison de l'être. Brandon l'avait rayée de sa vie en quelques secondes, la ramenant brutalement à la réalité alors qu'elle flottait sur un nuage de plaisir, allongée, alanguie sur un bureau, son cœur battant à la folie dans sa poitrine, et ses seins encore marqués par ses baisers.

« Ce qui vient de se passer n'aurait jamais dû arriver, et cela ne se reproduira plus. Le préservatif s'est déchiré. Appelez mon bureau en cas de… complication, et je m'occuperai de tout. »

Malgré les années, elle se rappelait sa froideur comme il disait ces mots. Elle s'était d'ailleurs sentie coupable et honteuse en se rhabillant alors que des frissons de plaisir lui parcouraient encore le corps.

C'était la première fois qu'elle couchait avec un homme, et elle ne s'était jamais imaginé que de telles sensations puissent exister. Mais si Brandon Cade lui avait donné du plaisir, il lui avait également bien fait comprendre qu'elle ne représentait rien pour lui.

— Demandez à Jennifer de faire venir une styliste à l'hôtel, reprit-il à l'adresse de son assistant.

— Ce sera fait, monsieur Cade, lui assura ce dernier avant de quitter la pièce.

— Après vous, Lacey, la pria-t-il.

Elle acquiesça d'un air distrait avant de se rappeler qu'elle n'avait toujours pas accepté de le suivre.

Comme elle relevait la tête pour l'affronter, leurs regards se croisèrent et elle ne put se résoudre à l'envoyer promener. C'était peut-être son unique chance de découvrir quel homme il était vraiment, et de s'assurer qu'elle avait pris la bonne décision en lui cachant l'existence de leur fille.

Le temps était peut-être venu d'arrêter de fuir la jeune fille qu'elle était alors et de déterminer une bonne fois pour toutes si le père de Ruby méritait ou non de savoir qu'il possédait la fillette la plus gentille, mignonne et intelligente du monde.

3

— Excellent travail, Lacey. Tu viens de décrocher une promotion. Tu es la nouvelle star de notre magazine, poursuivit Melody, mais dis-moi, comment as-tu réussi à convaincre Cade de t'emmener à Paris ?

Lacey retint un soupir. Elle n'avait aucune réponse à donner à son éditrice, car elle l'ignorait et elle ne pouvait pas lui parler de sa précédente relation avec Brandon Cade.

— Je... je crois qu'il veut rétablir la vérité à propos de Misty, finit-elle par répondre sans y croire vraiment.

En vérité, Brandon Cade demeurait aussi mystérieux que cinq ans auparavant. Elle avait bien essayé d'entretenir la conversation durant le trajet en hélicoptère, se glissant ainsi dans la peau de la journaliste people qu'elle était censée être, mais le bruit du moteur ne lui avait pas facilité la tâche. Brandon lui-même l'avait d'ailleurs pratiquement ignorée dès l'instant où ils étaient montés à bord.

Loin de la décevoir, son indifférence l'avait soulagée. Les vingt minutes d'entretien l'avaient épuisée aussi bien physiquement que mentalement. Elle avait donc profité de ce répit pour envoyer plusieurs messages à Milly, la prévenant de son absence et lui demandant de s'occuper de Ruby pour la soirée et de l'emmener à la crèche le lendemain matin.

Comme toujours, sa sœur – qui vivait avec elle depuis la naissance de Ruby – n'avait pas émis la moindre objection.

Elle était d'ailleurs devenue pratiquement une seconde mère pour Ruby qui l'adorait.

Pour autant, elle n'avait pas pu s'empêcher de se sentir coupable en découvrant la magnifique suite qui lui avait été réservée. Et sa culpabilité avait encore grandi quand la styliste française était arrivée avec une robe de soirée qu'elle n'aurait jamais pu s'offrir, suivie d'une véritable équipe de coiffeurs et de maquilleurs. Elle avait l'impression d'avoir pénétré dans un autre monde dans lequel elle n'avait pas sa place.

— En invitant une journaliste people au bal Durand ? s'enquit Melody, la tirant de ses pensées. C'est vraiment une excellente nouvelle. Nous pourrions écrire une histoire à la Cendrillon, continua-t-elle avec un petit rire. Nos lecteurs vont adorer. Une mère célibataire qui pourvoit seule aux besoins de sa fille se rendant au bal au bras de...

— C'est hors de question, Melody, la coupa-t-elle, soudain terrifiée. Je ne veux pas qu'on mentionne Ruby dans cet article.

Il était hors de question que Brandon découvre l'existence de sa fille en parcourant son article. Elle ne pouvait pas commettre la moindre erreur alors qu'elle avait réussi à garder le secret durant toutes ces années.

— Ce serait pourtant l'angle parfait, soupira Melody.

— S'il te plaît, Melody, laisse-moi faire. Cade semble prêt à coopérer avec moi, ce qui est assez étonnant le connaissant. Je te promets un article génial, continua-t-elle. Il y aura tout ce que toi et nos lecteurs aimez : des paillettes, du glamour et une description détaillée de ma soirée au bras de Brandon Cade. Nous n'avons pas besoin de mentionner Ruby pour réécrire l'histoire de Cendrillon, ajouta-t-elle dans l'espoir de la convaincre malgré sa gêne.

Elle avait travaillé d'arrache-pied pour reconstruire sa carrière après avoir été virée sans ménagement par Cade Inc, et elle avait réussi au-delà de ses espérances. À présent, elle gagnait assez pour rembourser le crédit hypothécaire de son deux-pièces. Vraiment, elle n'avait rien d'une cendrillon, mais elle était prête à se présenter comme une jeune femme sans le sou vivant un véritable rêve en assistant au bal Durand, si c'était ce que souhaitait Melody.

Ce n'était d'ailleurs pas si loin que cela de la vérité, après tout. Elle ne roulait pas sur l'or. La majorité de son salaire était englouti par les factures et par la crèche de Ruby. Quant à sa vie sociale, elle était pratiquement inexistante depuis la naissance de sa fille. Ruby était sa priorité, et elle passait tout son temps libre avec elle.

En tant que journaliste, elle couvrait régulièrement des soirées branchées et écrivait des articles sur des stars ou des personnalités célèbres, mais elle n'avait jamais eu l'occasion d'expérimenter le mode de vie luxueux que menait Brandon Cade, et qu'il prenait sans doute pour acquis.

Enfin, non, ce n'était pas tout à fait exact. Elle en avait fait l'expérience cinq ans plus tôt lorsqu'elle avait été invitée à la soirée de lancement de la nouvelle chaîne télévisée de Cade Inc dans un night-club de Soho. L'espace d'une nuit, elle avait pénétré dans son monde, et son existence tout entière en avait été bouleversée.

Baissant les yeux sur la magnifique robe de soirée soyeuse qui moulait son corps et mettait ses courbes en valeur, elle retint un soupir. Elle était trop sexy !

Quant à son maquillage… il était bien plus sophistiqué que d'ordinaire, la rendant pratiquement méconnaissable. Elle avait d'ailleurs eu du mal à détacher son regard du reflet que lui renvoyait le miroir quand les différentes professionnelles engagées par Brandon Cade lui avaient enfin permis de découvrir leur œuvre.

— D'accord, se résigna Melody d'un ton plus professionnel. Je suppose qu'il faut que je te fasse confiance étant donné que c'est toi qui nous as décroché cette opportunité incroyable. N'hésite pas à en profiter pour lui demander des détails sur le scandale Misty Goodnight, continua-t-elle. Tu en auras sans doute l'occasion si tu arrives à lui faire baisser sa garde.

Comme si Brandon Cade était le genre d'homme à baisser sa garde devant une journaliste, ou devant qui que ce soit, d'ailleurs. C'était un homme dur et impitoyable qui obtenait toujours ce qu'il voulait et se débarrassait de ceux qui se dressaient sur son chemin.

— C'est entendu, rétorqua-t-elle néanmoins.

Elle discuta encore quelques minutes avec Melody avant de raccrocher comme quelqu'un frappait à la porte de la suite.

Réprimant un frisson, elle glissa son portable dans le sac à main également sélectionné et fourni par Mme Laurent.

Les battements de son cœur s'accélèrent comme elle traversait la pièce, et elle eut soudain l'impression qu'il allait bondir hors de sa poitrine pour venir s'écraser sur l'épais tapis.

— Il ne peut pas t'intimider si tu ne le laisses pas faire, répéta-t-elle pour elle-même avant d'ouvrir la porte d'un air assuré.

Son souffle se bloqua aussitôt dans sa poitrine. Brandon lui tournait le dos, mais son smoking sur mesure mettait parfaitement en valeur ses épaules larges, ses hanches étroites et ses longues jambes musclées. Sa chevelure noire, coupée court, soulignait la perfection de ses traits masculins.

Comme il se tournait, ses yeux verts se posèrent sur elle, manquant la faire suffoquer. Il parcourut lentement son corps avec une arrogance non dissimulée comme s'il cherchait à leur prouver à tous les deux qu'elle lui appartenait déjà.

Lacey eut soudain l'impression d'être redevenue cette jeune fille inexpérimentée incapable de résister au charme suave d'un homme dont elle souhaitait désespérément attirer l'attention au risque de se perdre et d'oublier qui elle était.

— Qu'est-il arrivé à vos cheveux ? demanda-t-il en étudiant son chignon avec attention. On dirait que vous avez gagné plusieurs centimètres en quelques heures.

Malgré elle, Lacey faillit éclater de rire et se détendit légèrement.

— C'est de la magie, répondit-elle en se forçant à adopter

un ton léger. C'est grâce à Gigi, la coiffeuse, et ses extensions naturelles, précisa-t-elle bien que ce soit inutile. Je me demande même si elle n'a pas coupé quelques mèches de cheveux d'une pauvre cliente innocente de l'hôtel.

Brandon laissa échapper un rire bref avant de lui offrir son bras.

— Dans ce cas, nous devrions aller au bal avant qu'elle ne vienne les réclamer.

Lacey posa la main sur son bras, tout en s'efforçant d'ignorer les picotements de ses doigts ainsi que la façon dont les muscles de Brandon s'étaient tendus sous son costume.

Son parfum viril – un mélange de savon et de parfum boisé – l'enveloppa aussitôt, lui rappelant une fois de plus les instants qu'ils avaient partagés autrefois.

Il lui avait suffi de quelques secondes pour la bouleverser alors que cinq ans s'étaient écoulés depuis leur dernière rencontre. Comment allait-elle réussir à garder son secret ainsi que sa raison une soirée entière ?

— Ta compagne est très belle, Cade, mais je ne m'attendais pas à ce que tu ramènes une femme pareille, murmura Maxim Durand à son oreille.

Brandon éclata de rire en observant Lacey qui discutait avec Cara, l'épouse de Durand, ainsi qu'avec leur fils de quatre ans, Pascal, depuis leur arrivée.

— En quoi est-ce aussi surprenant ? demanda-t-il d'un air absent, bien qu'il connaisse déjà la réponse.

Le bal de Maxim Durand était un événement privé, interdit à la presse, mais Lacey ne se comportait pas comme une journaliste à la recherche d'un scoop. Et si elle n'avait pu retenir une exclamation de surprise en découvrant la salle de bal, elle n'avait pas tenté de se rapprocher des invités.

— N'ai-je pas l'habitude de fréquenter de jolies femmes ?

Cependant, comme il disait ces mots, il ne pouvait pas

s'empêcher de se sentir mal à l'aise. Son cœur battait trop fort dans sa poitrine. Il en était ainsi depuis qu'il l'avait découverte dans sa robe de soirée.

Lacey n'était pas simplement jolie, elle était tout simplement magnifique et incroyablement sexy. Ses yeux de chat semblaient encore plus sensuels et fascinants grâce à son fard à paupières. Quant à cette satanée robe... Le tissu étincelant moulait ses courbes comme une seconde peau, soulignant la blancheur de sa peau diaphane et la perfection de ses seins ronds.

Ses lèvres pleines et voluptueuses brillant d'un éclat discret invitaient aux baisers, et il avait d'ailleurs dû lutter pour ne pas les goûter dès l'instant où elle avait ouvert la porte. Il avait également eu envie de glisser les mains dans sa chevelure pour la débarrasser des épingles qui la retenaient afin de retrouver ses boucles courtes qui lui allaient si bien.

— En effet, concéda Durand, mais tu ne fréquentes pas souvent des journalistes people. Je pensais que tu avais appris la leçon après la dernière fois...

Son ton ne semblait pas irrité ni inquiet, plutôt intrigué par le choix de Cade, ce qui était parfaitement compréhensible. Misty n'était pas journaliste, mais elle était influenceuse et partageait donc son quotidien avec ses abonnés.

Cade n'avait jamais été un homme impulsif. Au contraire, ses décisions étaient toujours parfaitement réfléchies, même s'il se fiait souvent à son instinct. Alors pourquoi avait-il invité Lacey à l'accompagner ce soir ? Et pourquoi avait-il autant insisté quand elle avait tenté de se dérober ?

Il avait questionné sa décision dès l'instant où ils étaient montés dans l'hélicoptère, mais n'avait pas encore trouvé de réponse à ces questions. Et il y en avait d'autres... Se pouvait-il qu'il soit tombé dans le plus vieux piège du monde ? Certaines femmes aimaient se faire désirer pour renforcer l'intérêt de leur partenaire. Non, il refusait d'y croire. Lacey semblait bien trop nerveuse pour imaginer qu'elle cherche à le séduire.

Son comportement était d'ailleurs incompréhensible. Pourquoi le trouvait-elle aussi intimidant ? Il brûlait de le savoir, car aucune femme n'avait éveillé un tel désir en lui.

Lacey le troublait tant qu'il avait passé près d'une heure à faire des recherches sur Internet après l'avoir conduite à sa suite. Malheureusement, il n'avait pas trouvé la moindre information utile. C'était presque comme si elle n'existait pas avant d'avoir été engagée par le *Splendour*, deux ans plus tôt.

Loin de le décourager, son mystérieux passé n'avait fait que renforcer son désir. Il n'avait pourtant jamais aimé les secrets ou les surprises, et l'imprudence ne faisait pas partie de son vocabulaire. Lacey avait décidément le don de lui faire perdre le contrôle de lui-même, une perspective qui l'irritait profondément.

— Je dois reconnaître que Cara semble l'apprécier, poursuivit Durand, le ramenant à leur conversation. Elle a toujours été très douée pour juger les autres, ajouta-t-il, une pointe de fierté dans la voix. Et je dois également préciser qu'aucun invité ne s'est plaint d'elle depuis votre arrivée il y a plus d'une heure.

— Je pense qu'elle fait des efforts, commenta platement Brandon.

Il n'avait plus envie de se poser des questions. Son corps réagissait avec une intensité étonnante à sa présence, mais il lui suffirait sans doute de la mettre dans son lit pour que tout rentre dans l'ordre. Non, il n'avait aucune inquiétude à avoir.

— Cette femme est plus intéressante que tes compagnes habituelles. Qui sait ? Votre liaison durera peut-être plus longtemps que tu ne le penses, dit Durand d'un air pensif comme sa plus jeune fille lui tirait les cheveux.

— Tu plaisantes, là ? s'enquit Brandon en riant, se détendant enfin.

Il ne s'engageait jamais dans une liaison sérieuse, car il refusait de se rapprocher ainsi des autres.

— Je ne pense pas, mon vieux. Qu'est-ce qui te fait croire ça ?

Lacey ne l'intéressait pas, du moins pas de cette façon, mais il était curieux. Il respectait l'avis de Durand qui avait réussi à construire un véritable empire à partir de rien. C'était un homme à la fois intelligent et rusé.

— Mon fils l'apprécie beaucoup. Ta Mlle Carstairs est très douée avec les enfants, déclara-t-il avec un sourire. Elle est chaleureuse, affectueuse et honnête, contrairement à la majorité des journalistes people britanniques.

Brandon fronça les sourcils.

Chaleureuse, affectueuse, honnête ?

Ce n'était pourtant pas là des qualités qu'il recherchait d'ordinaire chez une femme. Au contraire, il avait plutôt tendance à les fuir, car cela les rendait ennuyeuses et dangereuses. Il ne voulait pas que ses compagnes s'imaginent qu'ils avaient un futur ensemble.

Visiblement amusé par sa réaction, Durand sourit plus largement, mais ne put retenir une grimace quand les gloussements de sa fille se transformèrent en sanglots.

— Je suis navré, il faut que j'aille mettre nos enfants au lit, expliqua-t-il avec une patience remarquable comme la petite fille lui empoignait violemment une autre mèche de cheveux.

Durand se dirigea vers son épouse, Brandon sur ses talons. Les yeux de Lacey se posèrent immédiatement sur lui et, l'espace d'un instant, elle ressembla à un animal pris dans les phares d'une voiture.

Malgré lui, une vague de désir incandescente descendit vers son entrejambe et il serra les dents pour se contenir.

Durand salua sa femme en l'embrassant sur la joue, et Cara sourit à son époux et à sa fille avec une affection évidente qui surprit et perturba Brandon.

Tournant légèrement la tête, il nota que Lacey contemplait le couple d'un air envieux, et une étrange émotion aussi incompréhensible que désagréable le saisit. Que diable lui arrivait-il ? Se pouvait-il qu'il soit jaloux ? Non, impossible !

Se forçant à se détendre, il adressa un sourire à Durand et à son épouse qui s'éloignèrent pour mettre leurs enfants au lit.

— Quelle merveilleuse famille, murmura Lacey sans les quitter du regard. Ils semblent tellement heureux.

Le ton rêveur de sa voix ne fit rien pour le rassurer, mais il n'en laissa rien paraître.

— Je suppose.

Elle sembla un instant perdue dans ses pensées, mais finit par se tourner vers lui pour le dévisager d'un air à la fois curieux et étrangement triste.

— Vous n'êtes pas de mon avis ?

Elle parlait d'une voix neutre et sa question semblait innocente, mais quelque chose lui soufflait que sa réponse avait énormément d'importance pour elle. Pourquoi ?

— Maxim et Cara sont sûrement convaincus qu'ils sont heureux, mais ça ne durera pas, commenta-t-il en haussant les épaules.

À ces mots, sa curiosité sembla disparaître, remplacée par quelque chose qui ressemblait étrangement à de la pitié. Que se passait-il ?

— Pourquoi dites-vous cela ? Il est pourtant évident qu'ils s'aiment profondément, affirma Lacey, incapable de maîtriser sa réaction face au cynisme dont faisait preuve Brandon.

Elle était à la fois horrifiée et désolée pour lui, ce qui n'avait aucun sens.

Brandon Cade était un puissant magnat des médias, un multimilliardaire qui menait une vie de rêve et non un pauvre enfant en mal d'amour. C'était pourtant plus fort qu'elle. Quelque chose chez lui la touchait profondément.

— Vous ne savez pas quel genre d'homme était Maxim avant sa rencontre avec Cara. Moi, oui. Il n'aurait pas pu être plus éloigné de l'image du bon père de famille. Exactement comme moi, ajouta-t-il après un instant.

— Vous ne pensez pas que les gens peuvent changer ?

Son regard se fit plus suspicieux comme il posait les yeux sur elle.

Il était sans doute convaincu qu'elle l'interrogeait sur le

mariage de Durand pour son travail, mais il n'en était rien. Si elle écrivait pour un magazine people, elle suivait certains principes et n'avait pas l'intention d'y déroger. Elle avait fait une promesse à Cara Durand – rien de ce qu'elles se disaient ne figurerait dans son article – et elle comptait bien s'y tenir.

Les choses étaient très différentes avec Brandon. Il lui avait donné l'autorisation de l'interviewer et avait même insisté pour qu'elle l'accompagne à cette soirée. Elle pouvait donc l'interroger à loisir pour découvrir ce qu'il pensait de l'amour et du mariage. Elle ne faisait que son travail, rien de plus.

Brandon éclata soudain de rire, faisant ainsi ressortir ses fossettes, mais elle ne songea pas un instant à sa fille. Une lueur cynique brillait dans ses yeux, rendant toute comparaison impossible. Elle avait d'ailleurs du mal à le comprendre. Comment pouvait-il douter de l'affection que les Durand éprouvaient l'un pour l'autre ?

— Pas vraiment, répondit-il en haussant les épaules. Le passé de Maxim a fait de lui l'homme sans pitié qu'il est devenu et il ne pourra jamais revenir en arrière.

Lacey fronça les sourcils. Que lui était-il arrivé pour le rendre aussi cynique ?

— Et pourquoi devrait-il changer ? ajouta-t-il en étudiant son visage. C'est justement grâce à cette expérience qu'il est aussi ambitieux et persévérant. Il a bâti un véritable empire à partir de rien.

— Il est pourtant évident qu'il aime son épouse et ses enfants plus que tout au monde, s'entêta-t-elle en rougissant sous son regard brûlant. Je crois même qu'il serait prêt à renoncer à son empire, comme vous l'appelez, pour ne pas les perdre.

Elle ne parlait pas de Maxim Durand, enfin, pas uniquement. N'importe quel parent en ferait autant pour protéger ses enfants. Ses priorités avaient d'ailleurs changé depuis la naissance de Ruby. Elle ne s'imaginait pas aimer quiconque autant qu'elle aimait sa fille, et ferait toujours passer ses besoins avant les siens. Une part d'elle ne pouvait cependant s'empêcher de se sentir à la fois coupable et triste que le père de Ruby ne puisse pas en faire autant.

Elle n'avait que dix-neuf ans quand elle était tombée enceinte. Et si elle ne lui en avait pas parlé, c'était par peur. Si Brandon lui avait demandé d'avorter, aurait-elle été assez forte pour faire ses propres choix ?

Pour une raison étrange, ses déclarations n'avaient en rien apaisé sa culpabilité, au contraire. À présent, elle se sentait triste pour lui et pour Ruby. Et s'il était capable de changer comme l'avait fait Durand, mais qu'elle ne lui avait pas donné l'opportunité de le faire ou de découvrir s'il en était ou non capable ?

— Voilà le discours d'une véritable romantique, commenta-t-il avec un mépris évident qui la bouleversa.

Elle n'avait rien d'une romantique. Non, elle était réaliste parce qu'elle n'avait pas eu d'autre choix que de le devenir.

— Je n'aurais jamais cru que vous et vos collègues croyiez sincèrement aux bêtises sentimentales que vous publiez à propos d'hommes comme moi.

Il lui adressa un autre sourire à la fois cynique et arrogant, et elle eut soudain envie de l'effacer de son visage malgré la compassion qu'il lui inspirait toujours.

— Des bêtises sentimentales ? répéta-t-elle en secouant la tête. Je ne savais pas que vous étiez un fervent lecteur de notre magazine *Splendour*.

Visiblement amusé, Brandon sourit plus franchement.

— Ce n'est pas vraiment le cas, mais je commence à me demander si j'ai raté quelque chose. Et c'est entièrement grâce à vous, ajouta-t-il en l'observant avec attention. Vous êtes très différente de ce à quoi je m'attendais.

Surprise par son aveu, elle ouvrit la bouche, mais la referma aussitôt en notant la lueur de désir brûlant dans ses yeux verts. Ils brillaient d'un éclat tellement ardent qu'elle avait l'impression que tout son corps était en feu.

— Je n'ai jamais aimé les clichés, je les trouve ridicules,

mais je dois reconnaître que vous êtes encore plus belle quand vous vous enflammez, Lacey.

Il plongea son regard dans le sien et des frissons de désir la saisirent. Brandon l'avait complimentée et pas uniquement sur son physique. Il semblait apprécier véritablement sa compagnie, une perspective aussi terrifiante qu'excitante !

— Tellement belle que vous me donnez envie d'enfreindre l'une de mes règles d'or, poursuivit-il d'une voix rauque.

— Laquelle ? s'enquit-elle en s'efforçant de paraître indifférente alors que son cœur battait la chamade.

— Ne jamais coucher avec une femme convaincue de pouvoir me faire changer.

Il la prit par le menton, et elle tressaillit quand il passa son pouce sur sa lèvre inférieure, l'éclat possessif brillant dans ses yeux l'empêchant de s'écarter pour se libérer.

Lacey avait du mal à réfléchir. Les invités quittaient lentement la salle pour assister au spectacle de danse, mais elle n'arrivait pas à bouger. Et Brandon en semblait également incapable. Elle aurait pourtant dû mettre de la distance entre eux, mais son corps refusait de l'écouter. Il n'y avait plus que sa peau chaude contre la sienne qui sembla soudain brûler quand il glissa la main sur sa nuque pour l'attirer à lui.

Les battements de son cœur devinrent assourdissants et elle craignit un instant qu'il lui sorte carrément de la poitrine.

— Vous êtes vraiment magnifique, murmura-t-il en se penchant vers elle.

Pourquoi ? Pourquoi était-il le seul homme à éveiller de telles sensations en elle ? Était-ce parce qu'il était le père de son enfant ou parce qu'il avait été son unique amant ? Ou était-ce plus que ça ?

Incapable de résister, elle glissa les mains sous sa veste de smoking et sentit ses muscles se raidir sous ses doigts.

— Mme Laurent et Gigi seraient ravies de tous ces compliments.

Il émit un rire rauque, et la lueur d'approbation brillant dans ses yeux se fit plus captivante que jamais.

— Je ne parle pas de la robe ni de la coiffure, déclara-t-il en regardant son chignon.

Ses mains chaudes se refermèrent sur sa taille pour la plaquer contre lui et lui faire découvrir la force de son désir pour elle.

— C'est ce qui est en dessous qui m'intéresse, confia-t-il d'une voix sensuelle qui la fit chavirer.

Elle le désirait tant qu'elle craignait de suffoquer. Elle avait besoin de lui, de ses mains sur sa peau et de son corps brûlant sur le sien. C'était plus fort qu'elle.

— C'est sans doute une très mauvaise idée, murmura-t-elle en s'efforçant de revenir à la raison.

Ses yeux se firent plus brillants et il lui prit le menton pour la forcer à le regarder.

— Je le sais, dit-il sans pour autant s'écarter.

Elle ouvrit la bouche pour répliquer, et il en profita pour prendre ses lèvres, lui arrachant un soupir de surprise, tant son baiser était exigeant. De sa langue, il explora sa bouche, l'encourageant à se donner à lui et à s'abandonner enfin à la brûlure du désir qui les torturait tous les deux depuis qu'ils s'étaient retrouvés dans son bureau.

L'infime part d'elle-même capable de réfléchir lui hurlait de le repousser, mais le bonheur de se retrouver dans ses bras et de le goûter de nouveau était tel qu'elle ne pouvait se résoudre à l'écouter.

Cinq ans s'étaient écoulés depuis leur dernier baiser, et s'il lui était arrivé de penser à Brandon en regardant Ruby et de déplorer que sa fille ne connaisse pas son père, elle n'avait jamais regretté que leur liaison – si on pouvait vraiment appeler cela ainsi – se soit achevée aussi rapidement... jusqu'à aujourd'hui.

Sans plus réfléchir, elle l'embrassa à son tour avec la même ferveur que la jeune fille qu'elle était il y a si longtemps. Il y avait cependant une différence de taille : elle était devenue une femme ayant ses propres désirs et n'ayant plus aucune crainte de les assumer.

S'accrochant à sa chemise, elle se plaqua contre lui, se mettant sur la pointe des pieds pour s'offrir à sa caresse, le corps brûlant de passion contenue. Elle avait tant besoin de lui !

Son baiser se fit encore plus exigeant, dévastateur et impitoyable comme s'ils se livraient un combat sans merci.

Craignant de succomber à la folie, elle s'arracha à son étreinte, le souffle court et le cœur battant la chamade, dans l'espoir, vain, de reprendre le contrôle de ses émotions.

L'expression de son visage se fit à la fois féroce et déterminée comme il parcourait son corps de ses mains, ses paumes brûlantes laissant un sillon incandescent sur sa peau malgré la barrière de tissu qui les séparait encore.

Il s'arrêta enfin sur ses fesses, la pressant contre son membre en érection comme sa bouche se posait à la base de son cou.

Lacey ne put retenir un soupir et eut l'impression de se retrouver de nouveau au bord d'un précipice. Elle n'éprouvait cependant aucune crainte. Non, elle rêvait de se laisser tomber dans le vide, grisée par l'excitation du moment.

Penchant la tête en arrière, elle s'offrit à lui, des éclairs de plaisir se répercutant en elle, l'emmenant vers la zone interdite où plus rien n'avait d'importance qu'assouvir cette faim inextinguible qu'il avait éveillée en elle.

S'écartant soudain, il prit son visage entre ses mains pour l'étudier, et elle nota avec satisfaction qu'elles tremblaient légèrement.

Si elle le désirait comme elle n'avait jamais désiré aucun homme, il en était de même pour lui. Elle n'avait donc pas tout imaginé cinq ans plus tôt ! Brandon ressentait la même chose qu'elle, elle n'avait commis aucune erreur. Enfin, non, ce n'était pas tout à fait exact. Elle en avait commis une : celle de croire que leur rencontre et les instants qu'ils avaient partagés signifiaient quelque chose pour lui.

Cette fois, cependant, elle n'allait pas se montrer aussi stupide. Elle savait exactement à quoi s'attendre et ne souffrirait pas.

— Je veux passer la nuit avec toi, grogna-t-il doucement.

Lacey tressaillit. Ce n'était pas une bonne idée. Il valait mieux refuser, mais elle ne s'en sentait pas capable. Pourquoi leurs retrouvailles devaient-elles tourner autour de Ruby ? Pourquoi ne pouvait-elle pas simplement en profiter ? Brandon ignorait toujours qui elle était. Il ne savait pas qu'il avait bouleversé son existence des années plus tôt.

Elle avait fait preuve de patience, de pragmatisme et de prudence pour se construire une nouvelle vie, leur construire une meilleure vie pour elle et pour sa fille.

Inutile de le nier, elle avait détesté celle qu'elle avait été cette nuit-là, cette jeune idiote qui s'était donnée à lui, celle qui était pratiquement tombée amoureuse d'un homme rencontré quelques heures plus tôt et dont elle ne savait pratiquement rien et qui lui avait brisé le cœur quand il l'avait rejetée sans hésitation.

Cette jeune fille ne méritait-elle pas une chance de goûter de nouveau au plaisir intense qu'elle avait connu cette nuit-là, mais sans en subir les conséquences désastreuses qui avaient suivi ? Une nuit de folie selon ses termes, cette fois, et non les siens ?

La réponse était évidente. Elle n'avait pas à hésiter.

4

Brandon l'emmena hors de la salle de bal, et Lacey le suivit sans un mot avec l'impression de vivre un rêve. Elle ne s'était jamais sentie aussi euphorique et excitée… et paniquée. La voix de la raison lui hurlait de mettre fin à cette folie, mais elle était noyée par les battements assourdissants de son cœur et les flammes du désir qui menaçaient de la consumer entièrement.

— Ta suite ou la mienne ? demanda Brandon d'une voix rauque quand ils atteignirent le couloir du premier étage.

— Je… je ne sais pas, répondit-elle, la gorge sèche.

— La mienne est plus grande…

Sans perdre une seconde, il lui fit traverser le salon décoré de plusieurs fauteuils et canapés qui semblaient tous plus confortables les uns que les autres, ainsi que de quelques meubles antiques qui coûtaient probablement une fortune.

Brandon s'arrêta soudain et se tourna vers elle. Il était si grand et si beau qu'elle ne voyait plus que lui.

Plongeant son regard dans le sien, il ôta sa veste, la jetant négligemment sur le sol de marbre avant de poser les mains sur ses hanches pour l'attirer à lui. Sa bouche se posa dans son cou, trouvant d'instinct ce point sensible, capable de lui faire perdre tout contrôle.

Poussant un soupir, elle lui agrippa les cheveux, s'offrant à sa caresse comme sa peau devenait brûlante et que ses tétons, pressés contre son torse musclé, durcissaient en devenant presque douloureux.

Il s'écarta un instant, le souffle court, avant de rire doucement, et elle fronça les sourcils. C'était tellement injuste ! Elle avait du mal à réfléchir, et lui semblait s'amuser de la situation !

La prenant par le menton, il la força à lever la tête.

— Promets-moi que ça ne finira pas dans ton article.

Ses mots percèrent le brouillard de volupté obscurcissant ses sens, et la réalité reprit brutalement ses droits.

Elle se rappela qui elle était, la raison de sa présence ici et surtout, celle pour laquelle elle avait travaillé si dur. Elle n'était plus une gamine sans cervelle. Non, elle était une femme intelligente et compétente qui menait sa vie professionnelle tout en élevant une petite fille et qui prenait de gros risques en s'impliquant avec un homme ayant le pouvoir de la détruire. Comment avait-elle pu être aussi stupide ? Rien n'avait changé. Elle était toujours à sa merci...

Reculant, elle s'arracha à son étreinte et posa une main tremblante à l'arrière de sa tête. Son chignon était complètement défait. Pour un peu, elle aurait pu y voir un symbole de ses illusions déçues.

— Il faut... il faut que je parte, déclara-t-elle dans un souffle.

Elle s'apprêtait à le dépasser, mais Brandon la retint par le poignet.

— Où penses-tu aller ?

— Je ne... je ne peux pas faire ça. Ce ne serait pas professionnel, ajouta-t-elle en s'évertuant à se trouver une excuse qui lui permettrait de reprendre enfin le contrôle de ses émotions.

Las, des frissons de désir parcouraient toujours son corps, l'enjoignant d'oublier toute prudence et de s'abandonner au plaisir.

— C'est une blague ? l'interrogea Brandon.

Il ne semblait pas énervé, juste surpris.

— Non, pas du tout, affirma-t-elle en se libérant pour frotter son poignet.

Sa peau brûlait là où il l'avait touchée.

— Et pour ton information, je n'écris pas de pornographie.

Sans lui laisser le temps de réagir, elle s'élança dans le salon, le cœur lourd.

— Reviens ici !

Il la rattrapa soudain, la prenant par les épaules pour la forcer à lui faire face, et Lacey eut l'impression qu'elle était à deux doigts de sombrer dans la folie.

— Je n'avais pas l'intention de t'insulter.

Craignant de succomber à la tentation de le toucher, elle croisa les bras sur sa poitrine. Il ne fallait surtout pas qu'elle craque maintenant, sans quoi ses efforts pour se reprendre seraient réduits à néant. Pour autant, elle n'arrivait pas à mettre de la distance entre eux ni à le repousser alors que son pouce caressait ce point sensible qu'il avait embrassé quelques instants plus tôt.

— C'est faux, le contra-t-elle faiblement.

En vérité, elle se moquait de ses motivations, mais elle ne pouvait se permettre de faire preuve de faiblesse surtout en ce moment quand son corps pouvait la trahir à tout instant.

Brandon n'avait jamais fait preuve de tendresse avec elle tant dans son attitude envers elle que dans sa façon de l'embrasser. Ses baisers étaient certes passionnés, mais ils étaient également exigeants.

La tendresse de son geste éveillait une émotion oubliée en elle depuis si longtemps, comme si leurs deux corps comprenaient qu'il avait le droit de la toucher. C'était un constat étrange et surprenant, mais également bouleversant.

— Tu as raison, reconnut-il avec un rire d'autodérision qui n'en était que plus charmant.

Il leva les mains en un signe de capitulation et ajouta :

— Pour ma défense, je suis un homme extrêmement cynique.

Sa voix avait perdu toute trace d'humour.

— Et tu es une journaliste qui pourrait faire fortune en exposant le moindre de mes secrets.

Malgré elle, le cœur de Lacey se serra. Elle regrettait la

chaleur de ses paumes, mais c'était surtout son aveu qui la touchait profondément.

Brandon lui était toujours apparu comme un homme sans cœur qui ne pouvait pas être blessé, mais il était évident qu'elle se trompait. Il avait été manipulé par une femme en qui il avait confiance et cette trahison semblait l'avoir affecté plus qu'elle n'aurait pu l'imaginer et plus qu'il ne voulait sans doute l'admettre.

Si elle avait accepté son invitation de le suivre à Paris, c'était uniquement dans le but d'en apprendre davantage sur lui. Et à présent qu'elle en savait plus, elle réalisait que ce n'était qu'une excuse. C'était surtout ce désir incandescent, cette alchimie incroyable qui les unissait et qui avait bouleversé son existence cinq ans plus tôt et donné naissance à Ruby qui l'avait poussée à l'accompagner.

— As-tu de nombreux secrets ? s'enquit-elle sans pouvoir s'en empêcher.

— Tu me le demandes en tant que journaliste ou en tant que femme ? demanda-t-il en plissant les yeux.

C'était une question risquée à laquelle elle craignait de répondre, mais il était trop tard.

— En tant que femme.

Son sourire s'élargit, et sa fossette réapparut. La différence était qu'il semblait sincère, cette fois.

— J'ai de nombreux secrets, avoua-t-il en laissant son pouce descendre dans son cou jusqu'à atteindre le début de sa poitrine, lui arrachant un soupir comme son cœur se mettait à battre la chamade. Mais je ne suis sûrement pas le seul dans ce cas, n'est-ce pas ?

Lacey tressaillit. Avait-il découvert la vérité à propos de Ruby ? Non, c'était impossible !

— C'est ce qui rend le sexe aussi excitant, poursuivit-il, la rassurant aussitôt. Il faut découvrir les secrets d'une femme, découvrir comment la faire gémir, comment la torturer jusqu'à ce qu'elle hurle de plaisir et jouisse.

Soulagée, Lacey poussa un soupir qui se bloqua dans sa gorge quand son pouce taquina la pointe de son mamelon qui se durcit aussitôt à travers la soie de sa robe.

— Laisse-moi découvrir tous tes secrets, Lacey, murmura-t-il, son souffle chaud lui caressant le cou comme ses doigts glissaient jusqu'à sa fermeture Eclair. Je te promets qu'ils ne quitteront pas cette suite. Une nuit, c'est tout ce que je demande.

— D'accord.

— Bonne fille, dit-il en ouvrant sa robe et en la lui ôtant, ses mains s'attardant un instant sur ses épaules pour faire glisser ses bretelles.

Lacey se força à rester immobile comme il la contemplait, son regard s'attardant sur son corps, la lueur de désir brûlant dans ses yeux manquant la consumer tout entière.

— Tu es magnifique...

Ses grandes mains se posèrent sur ses seins, les soupesant avant de prendre son mamelon entre ses lèvres à travers la fine barrière de tissu pratiquement transparent.

Lacey s'accrocha à lui en luttant pour reprendre son souffle et pour ne pas chanceler tant la caresse de sa langue chaude et humide était à la fois incroyablement merveilleuse et horriblement frustrante. Elle en voulait plus, tellement plus...

— Je... S'il te plaît, je veux..., commença-t-elle, incapable de terminer sa phrase comme elle s'efforçait de l'attirer à elle pour l'encourager à continuer et à aller plus loin.

— Je le sais déjà, déclara-t-il en s'écartant pour la soulever dans ses bras.

Son cœur se remit à battre frénétiquement comme il l'amenait dans la pièce voisine, une incroyable chambre où trônait un immense lit.

La tournant vers le miroir, il se plaça derrière elle, dégrafant son soutien-gorge pour toucher ses seins dressés par le désir qui lui semblaient incroyablement lourds. Lentement, il les caressa, les soupesant avant de concentrer son attention sur ses mamelons durcis, lui arrachant des soupirs de plaisir.

S'arcboutant contre lui, elle ne protesta pas quand il lui souleva les bras pour les nouer derrière son cou avant de poursuivre l'exploration de son corps, traçant un sillon brûlant sur sa peau tout en posant ses lèvres dans son cou. Il l'embrassa encore et encore, comme s'il voulait marquer sa peau.

— Regarde comme tu es belle, Lacey, murmura-t-il à son oreille.

Elle ouvrit les yeux pour observer son reflet dans le miroir et la vision érotique qu'ils offraient tous les deux. Sa peau était très pâle comparée à la sienne, et elle semblait si fragile face à sa silhouette imposante. Pour autant, elle n'avait pas peur. Elle était au contraire très excitée.

— Tu es à moi, ce soir, Lacey, reprit-il en taquinant la pointe de son mamelon avec son pouce.

Il posa son autre main sur la minuscule barrière de dentelle qui protégeait encore son sexe avant d'y glisser les doigts pour effleurer le cœur de sa féminité.

— Dis-le.

— Je... je suis à toi, dit-elle, oubliant toute prudence comme ses doigts continuaient à la tourmenter, la caressant avec plus d'insistance pour lui donner davantage de plaisir. Je t'en prie, je...

Elle se pressa contre lui, lui offrant ses seins pour qu'il les touche de nouveau.

— Je veux que tu te regardes, Lacey.

Elle se força à rouvrir les yeux, découvrant son corps nu tendu par le désir pressé contre le sien, ses doigts continuant leur délicieuse torture, l'emmenant toujours plus loin et toujours plus haut et menaçant de la rendre complètement folle.

— Jouis pour moi, ordonna-t-il d'une voix rauque.

L'orgasme l'emporta, violent, irrépressible, avec une intensité qui lui coupa le souffle, et elle s'appuya contre lui pour conserver son équilibre et ne pas s'écrouler sur le sol tandis que les doigts de Brandon poursuivaient leur doux supplice.

— Je n'en peux plus, gémit-elle en lui prenant le poignet.

Il se retira avant de la tourner vers lui pour lui caresser la joue, son pouce traçant le contour de ses lèvres. Elle y goûta son propre plaisir, et ne put retenir un frisson d'excitation quand il la souleva dans ses bras pour la poser sur le lit.

Il se déshabilla, lui offrant une vue magnifique sur les muscles jouant sous la peau de son torse, ses hanches étroites ainsi que la toison sombre partant de ses abdos et descendant jusqu'à son entrejambe. Il était tellement viril et séduisant qu'elle avait du mal à réfléchir.

Malgré elle, elle ne put s'empêcher de se mordiller les lèvres en découvrant son membre imposant gonflé par le désir. Un plaisir sauvage et brutal se répercuta en elle. C'était elle qui l'avait mis dans cet état !

S'ils avaient couché ensemble cinq ans plus tôt, c'était la première fois qu'elle le voyait entièrement nu. Pour une raison inconnue, elle avait l'impression qu'ils avaient franchi une étape importante, plus intime, et elle se sentit soudain nerveuse.

Croisant son regard, Brandon la rejoignit, s'allongeant sur elle et la piégeant de son corps avant de l'embrasser avec passion.

— Nous n'en avons pas terminé, Lacey, déclara-t-il d'une voix lourde de menaces... et de promesses.

De ses lèvres, il traça un sillon de baisers partant de son cou pour rejoindre ses seins, la goûtant de nouveau avec ardeur jusqu'à ce que ses tétons en deviennent douloureux et qu'elle ne puisse retenir un gémissement.

Visiblement satisfait de sa réaction, il reprit sa progression, embrasant sa peau et ses sens comme il descendait toujours plus bas avant de lui écarter les jambes.

— Nous venons à peine de commencer.

Sans lui laisser le temps de réagir, il posa les lèvres au cœur de sa féminité, lui arrachant aussitôt un cri de surprise mêlée de plaisir. Sa langue brûlante se glissait en elle, la léchant et la suçant avec avidité jusqu'à ce qu'elle se mette à trembler comme une nouvelle vague de plaisir, plus puissante que la précédente, montait en elle, menaçant de tout emporter sur son passage avant de l'engloutir tout entière, la laissant pantelante.

Le souffle court, elle retomba sur le lit en s'efforçant de reprendre le contrôle de son corps tandis que Brandon enfilait un préservatif. L'agrippant par les hanches, il se plaça entre ses jambes et la pénétra d'un mouvement fluide.

Lacey cria aussitôt d'une voix rauque et sensuelle qu'elle ne reconnut pas tout en luttant pour s'habituer à la présence de son membre imposant. Elle avait l'impression d'avoir été empalée par la lance de plaisir d'un guerrier puissant venu la conquérir et réclamer ce qui lui appartenait de droit.

— Accroche-toi à moi, ordonna-t-il en commençant à bouger en elle, lui arrachant de nouveaux frissons de plaisir.

Elle s'agrippa à ses épaules comme il accélérait le rythme, l'entraînant avec lui vers de plus hauts sommets, et une onde brûlante la parcourut, remontant depuis le creux de sa féminité jusqu'au reste de son corps.

La jouissance la balaya, la faisant hurler comme le corps de Brandon se tendait à son tour, la rejoignant dans les tréfonds de cet abyme de plaisir infini qui menaçait de les engloutir à jamais.

Brandon se retira et s'allongea à côté de Lacey pour ne pas s'effondrer sur elle. Il s'efforça de reprendre son souffle comme des frissons de plaisir de cet incroyable orgasme se répercutaient encore dans son corps. Que diable venait-il de se passer ?

Il ne s'était jamais senti aussi vivant, aussi vibrant d'énergie contenue ni aussi connecté à un autre être humain qu'en cet instant. Enfin, non, ce n'était pas vrai. Ça lui était déjà arrivé une fois... cinq ans plus tôt.

Fronçant les sourcils, il pivota pour observer Lacey. Elle lui tournait le dos et s'était recroquevillée sur elle-même, sa respiration lente prouvant qu'elle avait sombré dans un profond sommeil. Mais qui était-elle réellement ? Et pourquoi avait-elle répondu à ses caresses avec autant d'enthousiasme ? Chacun de ses gémissements et de ses cris avait d'ailleurs manqué le rendre fou, attisant un peu plus les flammes de l'incendie qu'elle avait allumé en lui lors de leur première rencontre. Pire encore, la morsure du désir le torturait toujours.

Et si tout cela n'était qu'un stratagème pour le piéger ? Non, c'était impossible. Il avait toujours été très doué pour juger les autres, et sa réaction un peu plus tôt avait été sincère. Ses insinuations l'avaient mise tellement en colère qu'elle avait failli le planter là. Il ignorait pourquoi il ne l'avait pas laissée partir.

Il aurait d'ailleurs dû la réveiller pour lui demander de s'en aller. Il ne passait jamais la nuit avec une femme, car ce genre de comportement leur donnait de faux espoirs. Elles finissaient par croire que leur relation pouvait évoluer en quelque chose de plus sérieux, ce qu'il voulait éviter à tout prix.

Pourtant, lorsqu'il roula sur le côté, il ne put se résoudre à interrompre son sommeil. Il laissa ses doigts descendre le long de son corps pour s'arrêter sur sa hanche. Lacey remua légèrement, mais ne se réveilla pas, le bruit de sa respiration ainsi que la chaleur de sa peau douce sous sa paume attisant son désir, le mettant au supplice. Comment était-ce possible ?

Il inspira profondément pour se calmer, mais fut aussitôt enveloppé par ses effluves féminins. Le parfum qu'elle avait utilisé dans son cou s'était estompé pour être remplacé par son odeur, une fragrance riche et enivrante... et également étrangement familière.

Se pressant contre elle, il inspira de nouveau, et son membre se durcit comme les souvenirs d'une nuit inoubliable lui revenaient en mémoire. Et avec eux, l'image d'une jeune femme passionnée et fougueuse qui s'était abandonnée à ses caresses lui faisant perdre le contrôle de ses émotions et de son corps en quelques heures.

Poussant un juron, il s'écarta brusquement. Comment Lacey pouvait-elle avoir la même odeur que cette inconnue et pourquoi éveillait-elle les mêmes réactions chez lui ? Cette mystérieuse jeune femme qu'il avait rayée de son existence cinq ans plus tôt et qu'il n'avait pourtant pas pu oublier. C'était à n'y rien comprendre. Se pouvait-il qu'elle soit... ?

Non, impossible !

Irrité contre lui-même, il se réfugia dans la salle de bains. Fermant la porte, il s'appuya contre le meuble pour observer son reflet dans le miroir en respirant profondément, et son rythme cardiaque finit enfin par ralentir et son érection, se calmer, lui permettant de réfléchir sérieusement à la situation. Lacey pouvait-elle être Lizzy Devlin ? Il n'y avait qu'une seule façon de le savoir.

Après s'être passé de l'eau froide sur le visage, il retourna dans la chambre, déterminé à en avoir le cœur net. Sa mystérieuse inconnue ne lui avait pas donné son nom, mais il se rappelait la marque qu'elle portait sur le corps.

Lacey dormait toujours dans la même position quand il alluma la lumière sur la table de nuit, projetant un éclat doré sur sa peau sans la réveiller.

Doucement, il descendit le drap pour révéler la cambrure de ses reins et la peau diaphane de ses fesses ainsi que...

Son souffle se bloqua soudain dans sa gorge comme une colère intense le saisissait. Lacey Carstairs allait devoir s'expliquer ! Pourquoi ne lui avait-elle pas dit qu'ils avaient déjà couché ensemble cinq ans plus tôt ? Non seulement elle lui avait menti, mais le pire était qu'il la désirait toujours aussi fort !

Fixant la marque de naissance en forme de cœur ornant sa fesse droite, il se remémora cette nuit qui l'avait marqué au fer rouge des années auparavant...

5

Lacey se réveilla en sursaut, le corps à la fois lourd et vibrant d'énergie.

Fronçant les sourcils, elle se remémora le déroulement de la soirée – le baiser échangé dans la salle de bal, la panique qui avait manqué l'engloutir et le plaisir, violent, intense quand Brandon l'avait embrassée, touchée et caressée jusqu'à la rendre folle.

Un frisson la saisit et elle se redressa, notant au passage que l'aube était proche... et que le lit était vide à ses côtés. Un fin rayon de lumière filtrait sous la porte de la salle de bains.

Dieu merci !

Nouant le drap autour d'elle, elle se leva, déterminée à regagner sa chambre avant son retour. Elle n'avait pas une minute à perdre.

Plissant les yeux, elle aperçut ses sous-vêtements éparpillés sur le sol et ne put retenir une grimace en les enfilant. La peau de ses cuisses et de ses fesses était plus sensible que d'ordinaire, et ses seins endoloris par ses caresses.

Comme elle remontait la fermeture de sa magnifique robe dont la soie était à présent horriblement chiffonnée, elle se mordit les lèvres. Comment avait-elle pu être assez stupide pour commettre une seconde fois la même erreur ? Et comment allait-elle expliquer à Melody qu'elle avait quitté la soirée avant la représentation du ballet ? Et surtout, pourquoi avait-elle couché avec l'homme qui lui avait donné une fille dont il ignorait l'existence ?

Veillant à ne pas faire de bruit, elle prit ses escarpins et traversa la pièce avant de s'immobiliser. Devait-elle lui laisser un mot ? Non, c'était inutile. Il en avait sûrement fini avec elle et ne souhaitait probablement plus la revoir à présent qu'il avait obtenu ce qu'il voulait, ce qui était aussi bien.

Songeant à Ruby, elle secoua la tête. Ce n'était pas le moment de penser à elle. Non, elle allait rentrer à Londres et réfléchir sérieusement à la situation avant de prendre la moindre décision concernant son avenir et celui de sa fille. Malgré le temps qu'ils avaient passé ensemble, elle ignorait encore pratiquement tout de lui, mis à part qu'il avait toujours le pouvoir de la rendre folle de désir… et de plaisir.

Une vague de panique mêlée de culpabilité monta en elle, mais elle l'ignora et se rendit dans le salon pour récupérer son sac. L'apercevant sur la table du salon, elle fronça les sourcils. L'avait-elle laissé là ? Elle ne s'en souvenait pas…

Elle était sur le point de sortir quand une voix lourde de colère résonna dans les ténèbres.

— Où comptes-tu aller, Lacey ?

Sursautant, elle se tourna et aperçut Brandon, installé dans un fauteuil. Sa gorge se noua comme une nouvelle vague de panique montait en elle, menaçant de l'engloutir. Depuis combien de temps était-il là ? Et surtout, pourquoi ? L'avait-il attendue ? C'était peu probable, mais son instinct lui soufflait qu'elle avait raison.

— Je retourne dans ma chambre, répondit-elle d'une voix tremblante en s'efforçant d'ignorer les battements désordonnés de son cœur.

Comme il allumait, elle nota qu'il portait un pantalon de survêtement et un T-shirt et qu'il était pieds nus. C'était la première fois qu'elle le voyait dans une tenue aussi décontractée, mais l'effet n'en était pas moins dévastateur.

Il se leva et se dirigea vers elle tel un prédateur approchant sa proie, renforçant encore sa peur. Il semblait tellement imposant et puissant qu'elle était clouée sur place.

Lui prenant le menton, il passa le pouce sur ses lèvres gonflées par ses baisers, et elle ne put retenir un soupir. Elle pouvait encore le sentir en elle quand il l'avait emmenée vers la jouissance.

L'espace d'un instant, elle faillit fermer les yeux pour s'abandonner à sa caresse, mais elle se força à s'écarter. Ce n'était pas le moment de céder à la tentation. Elle devait impérativement mettre de la distance entre eux avant qu'il ne soit trop tard.

— Pourquoi es-tu aussi pressée, Lacey ? s'enquit-il d'un ton léger malgré l'éclat impitoyable brillant dans ses yeux. Ou devrais-je t'appeler Lizzy ?

Elle tressaillit et réalisa soudain qu'elle ne s'était pas trompée. Il était furieux. Son estomac se serra aussitôt comme la peur et la culpabilité la submergeaient. Qu'avait-elle fait ?

— Depuis combien de temps es-tu au courant ? demanda-t-elle dans un souffle.

Et que savait-il au juste ? Connaissait-il l'existence de Ruby ? À cette idée, elle faillit fondre en larmes.

Plongeant son regard dans le sien, elle s'efforça de combattre sa panique comme d'autres émotions montaient en elle. La colère ainsi que la souffrance qu'elle avait remisées dans un coin de son cœur depuis près de cinq ans remontèrent à la surface.

Elle ne chercha pas à les contenir, les accueillant avec gratitude pour se protéger de ses accusations implicites, la faisant trembler de honte et de douleur. Oui, elle lui avait menti sur son identité, mais elle n'avait pas à se sentir coupable. Non, vraiment, il était hors de question de le laisser la traiter de cette façon une seconde fois.

Elle n'était plus cette jeune fille naïve dont il avait bouleversé l'existence avant de s'en débarrasser sans la moindre hésitation. Elle était plus forte, plus intelligente et plus mature. Il était temps qu'il le comprenne.

Il n’avait d’ailleurs pas le droit d’être en colère contre elle après la façon dont il l’avait traitée cette nuit-là. Pourquoi devait-elle s’excuser ? C’est plutôt lui qui lui devait des excuses.

Brandon fronça les sourcils. Ses paroles l’avaient surprise, mais elle ne semblait pas prête à reconnaître son erreur. Au contraire, elle s’était légèrement redressée comme si elle s’apprêtait à mener un terrible combat.

Malgré lui, son regard glissa sur son corps et sa robe chiffonnée, ainsi que sur sa chevelure qui n’était plus qu’une masse de boucles, et une flèche brûlante de désir vint se ficher au creux de ses reins. Elle était tellement belle, la lueur belliqueuse brûlant dans ses yeux leur donnant une couleur dorée qui n’en était que plus fascinante.

Retenant un juron, il serra les poings. Il n’allait pas tomber dans le piège une seconde fois, et surtout pas avant d’avoir obtenu des réponses aux nombreuses questions qui se bousculaient dans sa tête. Découvrir qu’elle avait eu l’intention de s’enfuir sans la moindre explication ni sans l’avoir salué ajoutait encore à sa colère.

— Tu l’ignores peut-être, mais tu as une marque de naissance très reconnaissable sur ta fesse droite, expliqua-t-il en baissant les yeux pour lui indiquer l’endroit en question. Je l’ai remarquée la première fois que tu as tenté de me piéger.

— Que j’ai tenté de te piéger ? répéta-t-elle, visiblement furieuse. Je n’ai jamais cherché à te piéger ! Comment peux-tu dire une chose pareille ? explosa-t-elle, des paillettes dorées étincelant dans son regard. Tu n’es qu’un sale type arrogant, insupportable, autoritaire et...

Elle s’interrompit, incapable de trouver une insulte qui lui convenait.

— Autoritaire, et quoi ? la provoqua-t-il, ivre de rage. Tu devrais peut-être ajouter abruti ou crétin à la liste. N’est-ce pas ce que tu penses de moi ? C’est la seule conclusion possible à ton comportement, Lizzy.

— Ne m'appelle pas comme ça ! Mon nom est Lacey, à présent !

— Dans ce cas, je suppose que je devrais te demander pourquoi tu l'as changé ? Sauf que je connais déjà la réponse : tu l'as fait pour me piéger.

Elle ouvrit la bouche, mais il ne lui laissa pas le temps de réagir.

— Je vais plutôt te demander pourquoi tu as gardé le silence quand tu es entrée dans mon bureau pour me jouer la comédie et me séduire de nouveau ?

— Jouer la comédie ?

Ses joues prirent une teinte écarlate comme elle semblait sur le point de suffoquer.

— Je n'ai pas cherché à te séduire, espèce de crétin arrogant. C'est toi qui m'as invitée à t'accompagner à Paris. J'ai essayé de refuser poliment, mais tu n'as rien voulu entendre. Ce n'est pas étonnant, venant d'un idiot autoritaire comme toi.

— Ah oui, c'est vrai, je me rappelle ta piètre tentative de refus... Tu veux vraiment me faire croire que ça ne faisait pas partie de ton plan ? lança-t-il avec mépris. Nous savons tous les deux que tu voulais m'attirer dans ton lit.

— Va au diable ! Crois ce que tu veux, ça ne m'intéresse pas. Je n'en ai rien à f...

Elle ne termina pas sa phrase, faisant un effort surhumain pour ne pas prononcer ce mot.

— Je me moque de ce que tu veux penser, reprit-elle après un instant.

Brandon sentit sa colère diminuer. Ce comportement aussi incompréhensible que ridicule l'amusait.

— Tu te moques de ce que je pense, dit-il en insistant bien sur le verbe.

Lacey ou Lizzy l'avait trompé et lui avait menti, et il n'avait toujours pas réussi à lui arracher la moindre réponse. Pis, sa façon de le défier ouvertement et de s'opposer à lui la rendait plus séduisante et plus fascinante que jamais.

À la voir ainsi, il avait du mal à croire qu'elle était la mystérieuse jeune femme rencontrée cinq ans plus tôt. Cette dernière était restée très calme et muette quand il l'avait interrogée après avoir découvert qu'elle était vierge. Son silence l'avait d'ailleurs convaincu qu'elle avait cherché à le piéger en lui offrant sa virginité. La Lacey qui lui faisait face en cet instant était tout son contraire.

— En effet. Je préfère éviter de me montrer vulgaire quand je peux l'éviter, ajouta-t-elle d'un ton pédant, renforçant son hilarité.

— Pourquoi ? ne put-il s'empêcher de demander.

Ses joues rosirent de nouveau comme elle tournait la tête, mais il eut le temps d'apercevoir la culpabilité brillant clairement dans ses yeux. Pourquoi réagissait-elle ainsi ? Ça n'avait aucun sens. Elle n'avait aucune raison de se sentir coupable d'avoir été vulgaire en sa présence.

La prenant par le menton, il la força à croiser son regard. Elle pinça les lèvres, mais elle ne se déroba pas, le contemplant avec insolence.

— Pourquoi refuses-tu de te montrer vulgaire ? l'interrogea-t-il curieux. Ce n'est qu'un mot qui n'est pas particulièrement choquant, d'ailleurs. As-tu l'intention de devenir nonne ?

Refusant de répondre, elle se contenta de soupirer.

— Si c'est le cas, je me dois de te dire qu'après cette nuit, ce que j'ai vu, et ce que nous avons fait, poursuivit-il d'une voix rauque, je crains que tu aies choisi la mauvaise profession.

Incapable de s'en empêcher, il passa son pouce sur ses lèvres alors qu'elle le contemplait toujours avec mépris. Lentement, il descendit vers sa joue et son cou, s'arrêtant un instant sur cette zone si sensible où battait son pouls, de plus en plus rapidement comme elle s'efforçait d'ignorer le désir qu'il éveillait en elle, en vain.

— J'ai mes raisons, répondit-elle d'un air évasif en s'écartant de nouveau. Il faut que je m'en aille.

Pour une raison inconnue, une nouvelle vague de fureur

mêlée de panique le saisit et il lui attrapa le poignet pour la retenir.

— C'est hors de question. Tu ne partiras pas d'ici avant d'avoir répondu à mes questions.

— Très bien, concéda-t-elle en se libérant. Si tu veux des réponses, je vais t'en donner. Commençons par la raison pour laquelle j'ai changé de nom. Comme si tu ne le savais pas ! cracha-t-elle, les yeux brillant d'indignation.

Brandon plissa les yeux. Il n'allait pas tomber dans le piège et la laisser s'en tirer aussi facilement.

— Si je le savais, je ne t'aurais pas posé la question.

— Tu m'as mise sur liste noire, l'accusa-t-elle, son beau visage se tordant en une grimace de douleur qui le bouleversa. Après cette nuit, je n'ai jamais pu retrouver un travail dans les médias en tant que Lizzy Devlin.

— De quoi parles-tu ? s'enquit-il, perplexe.

Il fronça les sourcils en tentant de se rappeler sa conversation avec son assistant le lendemain de leur rencontre. Il avait peut-être agi dans la précipitation, mais il avait simplement demandé à Daryl de s'assurer que leurs chemins ne se croiseraient plus jamais.

Les instants qu'ils avaient partagés cette nuit-là l'avaient ébranlé. Il avait été incapable de lui résister et de se contrôler. Et, en découvrant qu'il avait pris sa virginité, il avait compris qu'il fallait impérativement mettre de la distance entre eux.

— J'ai été renvoyée sans préavis le lendemain, expliqua-t-elle d'un ton triste qui lui serra la gorge. Je n'ai pas reçu la moindre référence ni la moindre indemnité. Et quand j'ai posé ma candidature pour d'autres stages, je n'ai jamais reçu de réponse. J'ai fini par comprendre pourquoi aucun employeur ne me rappelait, dit-elle en plongeant son regard dans le sien. L'un d'eux m'a conseillé de changer de nom. Il m'a dit que des forces puissantes, poursuivit-elle en mimant des guillemets, avaient mis Lizzy Devlin sur liste noire.

Brandon n'avait jamais fait partie de ces hommes que les

larmes d'une femme pouvaient émouvoir ou manipuler. Il n'avait d'ailleurs pas eu le moindre remords face aux pleurs hystériques de Misty lors de leur rupture. Les choses étaient différentes avec Lacey. Elle tentait furieusement de combattre ses sanglots comme si elle ne supportait pas d'apparaître en position de faiblesse devant lui.

— Je voulais devenir journaliste, et tu as brisé mon rêve, poursuivit-elle d'une voix lasse, mais accusatrice.

Brandon retint une grimace. Il comprenait parfaitement sa réaction. Son père s'était fait un plaisir de réduire à néant sa confiance en lui et de lui faire comprendre qu'il n'était qu'outil à ses yeux.

— Je n'ai jamais compris pourquoi, avoua-t-elle, sa colère envolée pour révéler une blessure profonde. Qu'ai-je donc fait de si terrible pour que tu décides de me punir ? Pour que tu décides que je méritais d'être punie ?

Tu m'as fait ressentir trop de choses...

Brandon serra les mâchoires pour retenir les paroles qu'il brûlait de prononcer parce qu'elles étaient ridicules. Lacey n'avait rien éveillé en lui si ce n'était un désir inextinguible et puissant. Il avait été comme possédé, incapable de réfléchir ou d'agir avec la prudence qui le caractérisait.

Lui qui possédait une expérience considérable avec le sexe opposé avait eu soudain l'impression d'être redevenu un adolescent maladroit. Et sans qu'il comprenne comment, il s'était retrouvé dans ce minuscule bureau mal éclairé à lui faire l'amour. Non, on ne pouvait pas appeler ça ainsi. Il avait pris son corps avec une passion presque brutale alors qu'elle était vierge. Cette découverte, loin de l'irriter, l'avait au contraire étrangement excité, le déstabilisant de plus belle.

— Tu es satisfait ? demanda-t-elle froidement, le ramenant à l'instant présent. Tu as obtenu la réponse à ta question.

Brandon étudia son visage illuminé par les lueurs de l'aube.

Sa coiffure et son maquillage élaborés n'avaient pas tenu, mais elle n'en était pas moins belle. Tout dans sa façon de le regarder jusqu'à son refus de lui cacher ses émotions lui rappelait la jeune fille rencontrée cinq ans plus tôt.

Elle tourna la tête comme si elle s'apprêtait à partir et, cette fois, il ne ressentit pas la moindre colère, juste des regrets.

— Ne pars pas, murmura-t-il en lui prenant le poignet avec douceur.

Elle plissa les yeux d'un air méfiant, mais il n'était pas dupe. Lacey souffrait, c'était évident.

— Ne pars pas, répéta-t-il, raffermissant sa prise. Je veux m'excuser.

Visiblement surprise, elle haussa les sourcils. Sa réaction était parfaitement compréhensible. Il était d'ailleurs aussi étonné qu'elle. Il ne s'excusait jamais même quand il avait tort, car il refusait de montrer la moindre faiblesse. Cette fois, pourtant, il n'hésita pas un instant.

Il avait été plus facile de lui reprocher ce qui s'était passé cinq ans plus tôt que d'analyser les sentiments qu'il avait ressentis cette nuit-là. À présent, le moment était venu d'affronter la réalité et de gérer le désir brûlant qu'elle lui inspirait toujours.

Une nuit ne lui suffisait pas, et il n'avait pas l'intention de la laisser s'échapper aussi facilement. Il ne craignait plus ses émotions. Si elles étaient intenses, elles n'en étaient pas moins qu'une réaction purement physique à sa présence.

Las, s'il souhaitait coucher avec elle de nouveau, il allait devoir réparer les dégâts qu'il avait causés. Heureusement pour elle comme pour lui, il arrivait toujours à ses fins.

— Pourquoi ? l'interrogea-t-elle en le dévisageant avec suspicion.

— Pour ce qui s'est passé avec ta carrière, précisa-t-il en plongeant son regard dans le sien. Je n'ai jamais eu l'intention de te mettre sur liste noire. Je n'ai même jamais demandé que tu sois virée de Cade Inc.

Daryl avait sans doute compris que sa rencontre avec la jeune Lizzy l'avait perturbé et avait agi en conséquence. Il avait sans doute pensé qu'il suivait les ordres de son patron même s'il avait mal compris.

— J'ai dit à mon assistant de s'assurer que nos chemins ne se croiseraient plus. Il a mal interprété mes propos. Je n'aurais jamais pu imaginer qu'il irait jusque-là.

Elle se raidit, et il réalisa qu'il l'avait de nouveau blessée sans en avoir l'intention. Comme elle ouvrait la bouche, il se prépara à répondre à sa question : pourquoi était-il aussi déterminé à ne pas la revoir ? Mais elle se contenta de la refermer et de hausser les épaules.

Brandon serra les mâchoires. De toute évidence, elle se moquait de ses explications ou de ses justifications. Et dire qu'il avait pris la peine de s'excuser...

— Merci pour ces précisions, déclara-t-elle, sarcastique. Je me sens beaucoup mieux maintenant que je sais que ma carrière a été détruite par accident.

— Que veux-tu que je te dise ? s'enquit-il, irrité par sa réaction. Je ne peux pas retourner en arrière et changer le passé. Je peux demander aux ressources humaines de t'offrir des indemnités pour la façon dont tu as été virée, ajouta-t-il avec un sourire.

C'était la meilleure façon de procéder. Il allait tout arranger.

— Je ne sais pas à combien s'élevait ton salaire annuel à l'époque, mais je t'offrirai le double en compensation.

En temps normal, il n'aurait jamais admis être responsable d'un tel fiasco, mais, étant donné la situation, il fallait bien reconnaître que Lacey méritait des dédommagements. Et il était en position de se montrer généreux et de les lui offrir.

La nuit dernière lui avait au moins permis de comprendre une chose : il la désirait comme aucune autre femme avant elle. Sa vie sexuelle commençait à le lasser, et la perspective d'explorer ce lien intense qui les liait était incroyablement excitante. Qui sait où il allait le mener ? Il était prêt à tout, y compris à payer une fortune pour le découvrir.

Pour une raison inconnue, son offre ne sembla pas lui faire

plaisir. Au contraire, elle le dévisageait de nouveau avec un mépris évident.

— Tout n'est qu'une question d'argent pour toi ?

Brandon tressaillit.

— Quel est le problème ?

Pourquoi réagissait-elle ainsi ? Non seulement il s'était excusé, mais il lui avait également offert une compensation. Que voulait-elle de plus ?

— Laisse-moi te l'expliquer clairement, commença-t-elle d'un ton condescendant qui lui portait sur les nerfs. Je ne veux pas de ton argent. Ça ne m'a jamais intéressée. C'est toi qui m'as accusée de chercher à te piéger en couchant avec toi. Deux fois, précisa-t-elle, bien que ce soit inutile. Mais je ne t'ai jamais rien demandé. Quand nous avons couché ensemble il y a cinq ans...

Elle s'interrompit un instant, ses joues rougissant violemment.

— Si j'ai couché avec toi ce soir, c'est parce que je n'ai jamais ressenti un tel désir de ma vie. C'était un instant de folie... dont j'ai savouré chaque seconde. Je n'ai aucun mobile caché, poursuivit-elle avec une grimace. Quand tu m'as embrassée, j'ai eu l'impression de perdre l'esprit. Mon corps a réagi instinctivement. Je n'arrivais plus à réfléchir parce que, si je l'avais fait, je ne t'aurais jamais donné l'occasion de m'insulter de nouveau.

Elle se tut, une expression de surprise mêlée de regrets sur le visage comme si elle craignait d'en avoir trop dit.

L'atmosphère devint soudain électrique, presque étouffante. Un frisson d'excitation le gagna comme de la lave en fusion coulait dans ses veines.

Lacey écarquilla les yeux, assombris par le désir, et sa respiration s'accéléra, attirant son attention sur sa poitrine. Elle aussi percevrait son trouble.

Telle une biche s'efforçant d'échapper à un chasseur, elle recula d'un bond, mais il fut plus rapide. L'attirant à lui, il noua un bras autour de sa taille fine, la plaquant contre son membre en érection, bien visible sous son pantalon, et se pencha pour prendre ses lèvres.

— Tu ne pensais pas sérieusement que j'allais te laisser partir maintenant ? murmura-t-il avant de l'embrasser avec force.

Lacey se tendit aussitôt et tenta de résister, en vain. C'était une erreur ! Elle ne pouvait pas se permettre de succomber à la tentation de nouveau. Non, elle devait garder ses lèvres closes pour empêcher sa langue d'explorer sa bouche avec habilité afin de la goûter et d'attiser le désir qu'il lui inspirait.

Las, les mains de Brandon se posèrent sur son visage, lui penchant la tête pour lui faciliter l'accès, et elle perdit le combat comme de nouveaux frissons de désir se répercutaient dans son corps, la faisant tressaillir. C'était de la pure folie, mais elle était trop faible pour le repousser.

Une étrange vibration naquit dans un coin de son ventre, et elle poussa un soupir avant d'en identifier la provenance.

— C'est... mon portable, réussit-elle à dire en le repoussant doucement.

Brandon la relâcha, son désir s'apaisant comme la panique revenait à la charge. Mais qu'était-elle en train de faire ? Elle aurait dû le planter là au lieu de le laisser l'embrasser de nouveau.

Son téléphone vibra de nouveau, et Brandon fronça les sourcils comme il la contemplait, le regard assombri par le désir.

— Il faut que je réponde, parvint-elle à dire malgré son trouble.

Les mains tremblantes, elle ouvrit son sac, mais faillit grimacer en reconnaissant le numéro de sa sœur Milly. Était-il arrivé quelque chose à Ruby ?

— Milly ? Qu'est-ce qui se passe ?

— Ne panique pas, dit-elle en guise de salutation, éteignant d'un coup la flamme du désir courant encore dans ses veines. Ruby s'est réveillée avec de la fièvre.

— Quoi ?

Se sentant soudain coupable, elle porta une main à sa tête. Qu'avait-elle fait ?

— Elle est à combien ?

— Pas très haute, ce n'est pas grave. Le médecin doit me rappeler dans quelques minutes. Je l'ai fait par sécurité, se hâta-t-elle d'ajouter pour la rassurer. Je voulais simplement te mettre au courant, mais je n'avais pas vu l'heure. Je suis désolée. Il n'est que 5 heures. Je t'ai réveillée ? s'enquit-elle, inquiète. J'aurais dû t'envoyer un texto.

— Non, ce n'est pas grave, Milly. Je vais prendre le prochain train à destination de Londres.

C'était ce qu'elle avait eu l'intention de faire avant de tomber dans l'embuscade tendue par Brandon.

— Tu n'as pas besoin de rentrer, reprit Milly, la tirant de ses pensées. Tu devrais rester un peu et prendre du bon temps. J'ai vu les clichés du bal sur Internet. Tu étais magnifique, affirma-t-elle d'un ton excité. Où as-tu trouvé cette robe ? Et comment as-tu réussi à te faire inviter à un tel événement par Brandon Cade ? Je croyais que tu devais simplement l'interviewer ?

— Pas seulement, il y avait autre chose aussi, répondit-elle sur un ton évasif.

Milly ignorait que Brandon était le père de Ruby. Tout le monde l'ignorait, mais elle savait qu'elle avait perdu son emploi chez Cade Inc quand elle était tombée enceinte.

— J'espère au moins que tu lui as parlé de la façon scandaleuse dont le département des ressources humaines t'a traitée ? demanda Milly. Je parie que non, ce qui n'est pas étonnant. Brandon Cade est trop canon pour que tu perdes ton temps à lui parler du boulot !

— Milly, il faut que j'y aille, déclara-t-elle avec un soupir.

Brandon l'écoutait toujours. Elle devait se montrer prudente.

— Je dois faire mon sac et me rendre à la gare. Et il faut aussi libérer la ligne au cas où le médecin essaierait de te rappeler.

Elle brûlait d'interroger Milly sur l'état de Ruby, mais elle ne pouvait pas se permettre de parler d'elle en présence de Brandon.

Terminant sa conversation, elle raccrocha et retint une

grimace comme son estomac se nouait. C'était elle qui avait créé cette situation par ses mensonges. Et toutes ces décisions plus contestables les unes que les autres l'avaient conduite à cet instant. Il était trop tard pour revenir en arrière.

Les mains tremblantes, elle rangea son portable dans son sac et avisa que Brandon l'observait avec attention, augmentant encore sa panique et sa culpabilité.

— Il faut vraiment que j'y aille, déclara-t-elle en évitant son regard.

Il acquiesça et demanda :

— Qui est Milly ?

— Ma sœur. Elle est malade, mentit-elle. Il faut que je retourne à Londres.

Brandon hocha la tête, et sa panique reflua. Non seulement il semblait la croire, mais elle ne pensait pas avoir mentionné le nom de Ruby, sinon il lui aurait sûrement posé des questions sur elle également.

Pourtant, même si elle se sentait soulagée, son estomac demeurait douloureux. Elle n'allait pas pouvoir garder le secret éternellement. Un jour, elle serait forcée de lui parler de l'existence de leur fille... mais pas aujourd'hui. La maladie de Ruby lui offrait à la fois un répit et une échappatoire.

Elle avait parfaitement conscience qu'elle n'avait pas le droit de lui cacher la vérité. Ses raisons pour garder le silence n'étaient d'ailleurs plus valables, surtout depuis avoir découvert qu'il n'avait jamais eu l'intention de détruire sa carrière.

Il l'avait prise de court en s'excusant, car elle ne s'attendait pas à ce qu'un homme aussi orgueilleux que lui aille jusque-là. Elle avait également envisagé de les refuser. Comment pouvait-il penser que cela suffirait pour réparer les dégâts qu'il avait causés ? C'était ridicule, vraiment, et pourtant... elle réalisait à présent combien elle avait été naïve de croire qu'il s'intéressait assez à elle pour prendre la peine de la faire blacklister. Il l'avait simplement rayée de sa vie après avoir obtenu ce qu'il voulait, rien de plus, rien de moins.

Pouvait-elle vraiment lui en vouloir d'avoir agi de la sorte ? À quoi s'attendait-elle ? À une déclaration d'amour éternelle alors qu'ils avaient simplement couché ensemble dans le petit bureau d'une boîte de nuit ?

Inutile de le nier à présent, si elle ne lui avait pas parlé de sa fille, c'était uniquement parce qu'elle était vexée et en colère contre lui, et qu'elle voulait se venger de ce qu'il lui avait fait.

Pour autant, même si elle était prête à admettre son erreur, elle ne se sentait pas la force de la rectifier pour l'instant. Rien ne garantissait qu'il reconnaîtrait Ruby comme sa fille. Il risquait de l'accuser de mentir et de l'utiliser pour lui extorquer de l'argent...

Avisant la tournure que prenaient ses pensées, Lacey retint une grimace. Ce n'était qu'une excuse, une de plus. En vérité, la réaction de Brandon importait peu. Ce qui comptait, c'était Ruby et ce qu'elle méritait, un fait essentiel qu'elle avait refusé d'admettre jusqu'ici.

À son retour à Londres, et après s'être assurée que Ruby allait bien, il lui faudrait réfléchir sérieusement à la situation et trouver un moyen d'assumer les conséquences de ses actes comme elle aurait déjà dû le faire cinq ans plus tôt.

— Tu es proche de ta sœur ? s'enquit Brandon, la ramenant à la réalité.

Sa décision de partir aussi vite semblait le rendre perplexe.

— Oui, nous sommes très proches.

Ça au moins, ce n'était pas un mensonge.

— Je dois partir, dit-elle en traversant rapidement la pièce.

Brandon ne chercha pas à la retenir. Peut-être avait-il lui aussi repris ses esprits ?

S'efforçant d'ignorer la déception lui serrant le cœur, elle se réfugia dans le couloir menant à sa suite. La prochaine fois qu'ils se verraient, elle devrait se montrer plus prudente et plus forte pour résister à la tentation et réparer son erreur. Elle le devait à Ruby...

Vingt minutes plus tard, après s'être douchée et habillée

en vitesse, elle traversa le hall d'entrée de l'hôtel, son sac à la main, et manqua défaillir en découvrant Brandon qui l'attendait d'un air tranquille. Que faisait-il là ?

— Brandon ? Que... Bonjour, balbutia-elle, déconcertée par sa présence.

— Bonjour, Lacey.

Se tournant vers l'assistant personnel qui se tenait derrière lui, il lui indiqua son sac.

— Prenez le bagage de Mlle Carstairs et amenez-le à l'héliport. Dites à Jim que nous décollons dans dix minutes.

— Pardon ? Je... Je ne comprends pas, avoua-t-elle comme le jeune assistant s'exécutait avant de s'éloigner d'un pas pressé.

— L'hélicoptère nous attend pour nous ramener à la tour Cade à Londres, annonça-t-il en lui prenant le coude pour l'emmener vers les ascenseurs. Ma voiture te conduira ensuite jusqu'à ta sœur. Où est-elle ? À l'hôpital ?

Nous ramener, nous !

Ce petit mot résonna en elle, manqua la faire suffoquer. Non, il lui fallait impérativement trouver une excuse.

— Non, Milly est toujours à notre appartement. Elle n'a pas besoin d'aller à l'hôpital, ajouta-t-elle comme la cabine se mettait en mouvement.

Brandon ne l'avait pas lâchée, et la chaleur de ses doigts sur son bras était difficile à ignorer malgré la situation.

— Tu vis avec ta sœur ? l'interrogea-t-il avec un sourire similaire à celui qu'il lui avait adressé la veille.

Ce sourire qui lui avait fait perdre le contrôle juste avant de s'abandonner à lui...

— Oui, nous partageons un appartement à Hackney.

Réalisant son erreur, elle retint une grimace. Elle venait de lui indiquer le quartier dans lequel elle vivait avec Milly et Ruby !

Pour une raison étrange, le sourire de Brandon s'élargit.

— Ça semble charmant.

Lacey fronça les sourcils. Sa réponse semblait l'avoir mis d'excellente humeur, ce qui n'avait aucun sens.

— Milly n'est pas si malade. Je me suis inquiétée pour rien, insista-t-elle dans l'espoir de se débarrasser de lui.

Elle avait pris le temps de téléphoner à Milly aprèssa douche. Celle-ci lui avait appris que le médecin l'avait rappelée et, comme il le lui avait recommandé, elle avait donné une aspirine à Ruby, et sa température avait déjà commencé à baisser.

Si son anxiété concernant sa fille avait diminué, il n'en était pas de même vis-à-vis de Brandon. Au contraire... La culpabilité lui serrant le cœur depuis qu'elle avait quitté sa suite menaçait de la submerger et de l'engloutir tout entière.

— Tu as bien l'intention de retourner à Londres ? demanda-t-il en fronçant les sourcils.

— Oui, mais...

— Dans ce cas, c'est plus simple de prendre l'hélicoptère, la coupa-t-il. Ce sera plus rapide.

— Je ne peux pas t'en demander autant !

Et surtout pas alors qu'elle lui mentait depuis le début !

— C'est un peu tard pour ça, tu ne crois pas, Lacey ? fit-il d'un air amusé.

Dix minutes plus tard, l'appareil s'élevait dans le ciel parisien pour les ramener en Angleterre.

— Je suis navré, monsieur Cade, annonça son assistant en vérifiant son portable, le chauffeur est en route depuis le domaine Cade. Vous n'étiez pas censés arriver avant cet après-midi. Nous l'avons contacté dès que nous avons appris votre changement de programme, mais il ne sera pas là avant une demi-heure.

Brandon secoua la tête.

— Ce n'est pas grave, Brandon, intervint Lacey comme ils entraient dans l'ascenseur. Je peux prendre un taxi. J'apprécie vraiment tout ce que tu as fait pour moi, ajouta-t-elle d'un air étrangement soulagé.

Brandon l'étudia avec attention, bien décidé à comprendre. De toute évidence, elle s'inquiétait toujours pour sa sœur bien qu'elle lui ait affirmé le contraire. Elle avait semblé incroyablement tendue et était restée silencieuse durant tout le vol.

Il n'avait pas cherché à engager la conversation. Non seulement le casque rendait les choses compliquées, mais ce n'était pas non plus le moment de discuter du seul sujet qui l'intéressait vraiment : leur avenir.

Inutile de le nier, il voulait que Lacey devienne sa maîtresse. Elle était à la fois intelligente, attirante et prête à le défier. Sans oublier l'incroyable alchimie sexuelle qu'ils partageaient.

Cela dit, il n'avait jamais eu de relation de longue durée, comme avait fini par le découvrir Misty. Il n'avait pas non plus l'intention de s'engager sur une voie qu'il ne contrôlait pas entièrement. Et pour l'instant, les émotions que Lacey lui inspiraient étaient bien plus explosives qu'il ne s'y était attendu. Elle n'avait aucun mal à lui faire perdre le contrôle de lui-même, et il y avait également la question de leur passé qu'il fallait régler.

Pourtant, comme il pressait le bouton menant au garage, il réalisa qu'il n'avait aucune envie de la laisser partir.

— Ce n'est pas un problème, je possède plusieurs voitures ici. Je vais te ramener.

Lacey n'avait pas encore accepté de le revoir. Ils devaient impérativement en discuter.

— Brandon, ce n'est pas nécessaire.

Elle semblait de plus en plus paniquée. Que lui arrivait-il ?

Les portes de l'ascenseur s'ouvrirent et le concierge qui les attendait lui tendit une clé.

— La Mercedes est prête et vous attend à l'emplacement six, monsieur Cade.

— L'adresse ? s'enquit-il en prenant Lacey par le coude.

— Brandon, ce n'est vraiment pas nécessaire, je peux prendre un taxi.

Les portes se déverrouillèrent automatiquement, mais Lacey refusa de monter à bord.

Brandon soupira. Pourquoi se montrait-elle aussi entêtée ? Et pourquoi semblait-elle aussi pressée de le fuir ? Pour un peu, il aurait pu croire que la maladie de sa sœur n'était qu'une excuse pour le planter là. S'il n'y avait pas eu ce coup de téléphone et son inquiétude bien réelle...

— Nous pouvons perdre du temps à discuter ou tu peux me donner l'adresse, dit-il en plongeant son regard dans le sien. À toi de voir, mais, quoi que tu dises ou fasses, je ne vais pas te laisser partir comme ça.

— D'accord, soupira-t-elle, mais je n'ai pas l'intention de t'inviter à entrer.

Il lui ouvrit la portière et elle s'installa à l'avant.

— Je ne me souviens pas d'avoir demandé de le faire, rétorqua-t-il en se glissant derrière le volant.

Il n'avait aucune envie de rencontrer sa sœur, car sa situation familiale ne l'intéressait pas le moins du monde. L'essentiel était qu'elle était célibataire, ce qui n'était finalement pas aussi surprenant que cela.

Lacey possédait toujours une certaine innocence même cinq ans après avoir perdu sa virginité entre ses bras. Ce n'était pas son genre de coucher avec un homme tout en en fréquentant un autre.

Elle avait sans doute eu plusieurs amants depuis leur dernière rencontre, une perspective qui lui déplaisait fortement, mais elle avait gardé le charme de cette jeune fille inexpérimentée qui l'avait séduit. Et si d'ordinaire ce trait de caractère lui semblait rédhibitoire, il avait quelque chose d'irrésistible chez Lacey. L'attrait de la nouveauté, peut-être ?

— Je vois que nous sommes d'accord, dit-elle avant de lui donner son adresse. Je ne veux pas que Milly te rencontre et fasse le rapprochement entre ce qui s'est passé il y a cinq ans, ou, pire, se fasse des idées.

Brandon préféra garder le silence en entrant les coordonnées dans le GPS menant à un quartier qu'il n'avait jamais visité.

Il démarra rapidement, jetant un coup d'œil à l'écran qui annonçait un trajet de trente minutes. Parfait ! C'était le temps dont il aurait besoin pour rejeter ses arguments et la convaincre de partager de nouveau son lit.

— Pourquoi crains-tu que ta sœur se fasse des idées ? demanda-t-il finalement, tirant Lacey de ses pensées.

Lacey se tourna légèrement pour étudier son visage. Sa question semblait innocente, mais elle ne l'était pas. Elle en avait la conviction.

Il observait chacun de ses gestes, chacune des expressions de son visage comme s'il la soupçonnait de quelque chose. Quoi, au juste ? Elle l'ignorait, mais ça n'avait aucune importance. Elle devait se montrer prudente.

— Je ne veux pas qu'elle pense que nous sortons ensemble, expliqua-t-elle, bien que ce soit le cadet de ses soucis. Milly est une grande romantique, et elle a vu des clichés de nous au bal d'hier. Elle risque de te faire passer un véritable interrogatoire pour connaître tes intentions, poursuivit-elle avec un sourire de façade. Tu as déjà perdu assez de temps et d'argent à gérer mes problèmes de famille, je ne veux pas que tu aies à subir ça.

— Voilà qui est intéressant. Je ne pensais pas que tu serais aussi inquiète de perturber l'emploi du temps d'un crétin orgueilleux comme moi, commenta-t-il d'un ton léger, prouvant qu'il plaisantait.

En temps normal, son sens de l'humour l'aurait à la fois amusée et séduite, mais elle était trop préoccupée par la situation actuelle pour en profiter. La vie qu'elle s'était lentement construite depuis cinq ans risquait de s'effondrer en quelques secondes si elle n'y prenait pas garde.

Les probabilités que Brandon rencontre Ruby étaient minces. Celle-ci dormait sans doute toujours, mais elle n'arrivait pas à se détendre, d'autant que Brandon s'était montré incroyablement charmant et prévenant depuis le coup de fil de Milly. Et son insistance à la ramener chez elle augmentait encore sa culpabilité de lui avoir menti toutes ces années, ainsi que la nuit dernière.

— Je suis désolée de t'avoir traité de cette façon, murmura-t-elle, gênée.

— Ne t'excuse pas, la pria-t-il, la surprenant de nouveau. Je suis certain que mes rivaux admettraient volontiers que je suis un homme intelligent, mais je reconnais qu'il m'arrive d'être arrogant. C'est sans doute dû à mon éducation et à l'univers dans lequel j'ai grandi, commenta-t-il d'un rire froid.

Lacey fronça les sourcils.

Grâce à ses recherches quelques mois plus tôt, elle savait que Brandon avait été élevé par son père après le divorce orageux de ses parents. Il n'avait jamais manqué de rien sur le plan financier. Son père était un magnat des médias bien avant la naissance de son fils unique.

Pourtant, elle s'était souvent demandé ce qu'il avait pu ressentir en grandissant sans sa mère, sans frère ni sœur et avec un père probablement trop pris par son travail pour s'occuper correctement de lui. Brandon avait d'ailleurs fréquenté plusieurs pensionnats privés très réputés.

— C'est très raisonnable de ta part, commenta-t-elle, néanmoins sur ses gardes.

— En effet, je suis content que tu le reconnaisses.

Lacey se retint d'éclater de rire. Brandon se montrait certes étrangement compréhensif, mais il tenait à avoir le dernier mot.

Comme ils passaient devant le parc où elle se rendait souvent avec Ruby durant le week-end, la culpabilité revint à la charge, lui serrant l'estomac et le cœur.

— Laquelle est la tienne ? demanda-t-il en s'engageant dans sa rue.

Elle lui indiqua une maison victorienne et observa attentivement les fenêtres de son appartement, craignant d'y voir apparaître un petit visage curieux. Heureusement, il n'y avait personne. Ruby devait sûrement dormir.

Elle défit sa ceinture à la minute où il arrêta la voiture, pressée de mettre de la distance entre eux et de retrouver sa fille. Las, sa main chaude se posa sur sa cuisse comme pour la retenir.

— J'ai envie de te revoir, Lacey. Rapidement, ajouta-t-il en plongeant ses yeux dans les siens.

— Quoi ?

Son cœur se mit à battre la chamade en découvrant l'étincelle de désir brillant dans son regard, et elle eut l'impression que son corps était en feu.

— Pourquoi as-tu l'air aussi surprise ? demanda-t-il, visiblement amusé par sa réaction. Tu devais t'y attendre après ce qui s'est passé la nuit dernière. C'était exactement comme il y a cinq ans, de la pure folie, continua-t-il en lui caressant la joue.

Lacey avait du mal à réfléchir. Elle aurait dû bondir hors de la voiture, mais elle en était incapable. Son corps ne lui obéissait plus. Il n'y avait plus que ces délicieuses émotions qu'il éveillait en elle et qui se mélangeaient à sa culpabilité et à sa joie immense de découvrir qu'il la désirait toujours.

— Je te veux, Lacey. Je n'ai jamais désiré une femme de cette façon, et ce genre de connexion est extrêmement rare, dit-il en lui prenant le menton.

Elle se raidit, incapable de bouger comme ses lèvres se posaient sur les siennes en un baiser intense et possessif qui la fit trembler de plaisir.

— Va voir ta sœur, ordonna-t-il, et quand tu te seras assurée qu'elle va bien, nous discuterons du futur. Pourquoi pas ce soir ? Je peux t'appeler ?

Lacey cligna les yeux dans l'espoir de reprendre le contrôle de ses émotions, en vain. Le désir qu'il lui inspirait était bien trop violent, bien trop dévastateur…

Ouvrant la bouche, elle la referma aussitôt, puisque aucun son n'en sortait. Elle était comme dans un état second.

— C'est ta sœur ? s'enquit-il en focalisant son attention sur quelque chose qui se trouvait derrière elle. Tu ne m'as pas dit qu'elle avait un enfant.

Ces mots transpercèrent le brouillard engourdissant son esprit, et elle se tourna, le cœur battant, pour découvrir Milly qui descendait les marches de la maison, Ruby dans ses bras.

Non ! Pas comme ça ! Pas maintenant !

Réprimant une grimace, elle s'empressa de sortir de la voiture.

— Ruby voulait sortir pour t'accueillir. Sa température est revenue à la normale. Elle t'attendait, annonça Milly avec un sourire.

Avisant la voiture garée un peu plus loin, elle écarquilla les yeux.

— Oh ! mon Dieu ! C'est lui, n'est-ce pas ? Il t'a ramenée à la maison ! C'est tellement romantique.

Lacey se figea en entendant le bruit d'une portière claquer, et le son des pas qui se rapprochaient inexorablement.

Luttant contre la panique et la culpabilité brûlante qui lui tordaient l'estomac, elle ordonna à son corps de bouger, sans succès.

Un grand sourire illumina le visage de sa fille, et elle lui tendit les bras, ses lèvres se pinçant légèrement pour former le premier mot qu'elle avait appris à dire :

— Maman ! Maman, tu es là.

6

Brandon fronça les sourcils en étudiant la scène qui se déroulait sous ses yeux. La femme avec qui il avait passé une nuit incroyable, celle qu'il cherchait à convaincre de devenir sa maîtresse, se pencha pour prendre la petite fille que tenait toujours sa sœur. Pourquoi ne lui avait-elle pas dit qu'elle avait un enfant ?

Une étrange émotion – un mélange de surprise et de suspicion – le saisit comme il la vit glisser les bras autour du cou de Lacey, non de sa mère. Loin de se détendre, Lacey l'écouta, un sourire figé sur le visage tout en poussant des exclamations étonnées ou ravies.

Incapable de faire le moindre geste, Brandon continua de les observer tout en réfléchissant à la situation.

Lacey avait eu de nombreuses opportunités de lui parler de sa fille, mais elle ne l'avait pas fait. Pourquoi ? Son instinct lui hurlait que quelque chose n'allait pas, mais il ne comprenait pas pourquoi. Et cette incertitude le rendait fou.

La petite fille arrêta soudain de parler et tourna la tête vers lui.

— C'est qui, le monsieur, maman ? C'est ton ami ?

Pour une raison inconnue, sa question innocente le mit mal à l'aise. Il se sentait… exposé, comme mis à nu.

Lacey tourna légèrement la tête, visiblement peu désireuse de lui présenter sa fille, contribuant encore à sa mauvaise humeur.

Elle aurait dû lui dire qu'elle avait un enfant, même si cela ne changeait rien à la situation. Il la désirait toujours, et était même prêt à se montrer flexible pour arriver à ses fins. Ce n'était pourtant pas dans ses habitudes, de se montrer aussi compréhensif.

En y réfléchissant, sa fille était peut-être la raison pour laquelle elle avait été aussi surprise de son offre de devenir sa maîtresse. Peut-être avait-elle cru qu'il ne se serait jamais intéressé à elle s'il connaissait la vérité ? Il pouvait au moins la rassurer sur ce point.

Comme elle semblait toujours hésiter, il s'approcha :

— Oui, je suis un ami de ta maman. Je m'appelle Brandon Cade, ajouta-t-il, inquiet de sa réaction.

Il n'avait jamais appris à parler aux enfants.

— Bonjour, je m'appelle Ruby, rétorqua-t-elle avec une audace qui lui rappela sa mère.

Elle lui adressa un grand sourire, ses yeux émeraude étincelant de plaisir, et une fossette apparut sur sa joue. Une étrange impression de déjà-vu le saisit et il secoua la tête.

— Bonjour, intervint la femme se tenant face à Lacey. Je suis Milly Devlin, la sœur de Lacey. Je suis tellement heureuse de vous rencontrer enfin, dit-elle en lui tendant la main.

Brandon la serra, notant les similarités entre les deux femmes, et le fait qu'elle semblait aller parfaitement bien. Étrange...

— Bonjour, je suis ravi de voir que vous êtes rétablie, déclara-t-il en s'efforçant d'ignorer la douleur dans sa poitrine.

Ses soupçons le torturaient, lui donnant l'impression d'avoir reçu un coup de poing dans l'estomac, et son malaise s'intensifia en avisant le coup d'œil que Milly lança à sa sœur.

— Oh ! il y a un malentendu. C'est Ruby qui était malade. Mais tu te sens mieux maintenant, n'est-ce pas, ma puce ? ajouta-t-elle en lui caressant les cheveux.

La petite fille hocha la tête.

— Mais je ne peux pas aller à l'école, n'est-ce pas, maman ? Je veux rester avec toi et avec tante Milly. S'il te plaît, insista-t-elle en prenant le visage de Lacey entre ses mains pour lui adresser un regard implorant qui aurait pu émouvoir n'importe qui.

— Oui, tu vas pouvoir rester à la maison, Ruby, répondit-elle en croisant brièvement le regard de Brandon.

Il eut néanmoins le temps d'y voir briller une étrange lueur coupable. Que se passait-il ?

— On devrait rentrer. Merci de m'avoir ramenée à la maison, Brandon.

Sans attendre sa réponse, elle se réfugia à l'intérieur, sa sœur lui adressant un salut de la main avant de la suivre.

Brandon resta figé sur place, la douleur dans sa poitrine empira jusqu'à ce qu'il éprouve des difficultés à respirer. Que diable lui arrivait-il ?

Se forçant à marcher, il s'installa derrière le volant et s'engagea sur la route, l'esprit en proie aux doutes. Pourquoi Lacey avait-elle menti sur la santé de sa sœur ? Ou sur l'existence de sa fille ?

Une autre question surgit dans son esprit, et son souffle se coupa. Quel âge avait exactement Ruby ? Il avait besoin de le savoir...

Arrivé à un feu de signalisation, il contacta son assistant personnel.

— Daryl, Lacey Carstairs a une fille, annonça-t-il dès qu'il décrocha. Je veux savoir quand elle est née et si le nom de son père est mentionné sur le certificat de naissance.

Raccrochant immédiatement, il inspira et expira profondément plusieurs fois dans l'espoir de se calmer, en vain. Son instinct lui soufflait que son existence était sur le point de basculer, et que Lacey était au centre de la tempête qui s'annonçait.

— Alors, dis-moi ce qui se passe entre le magnat des médias et toi ? demanda Milly en plissant les yeux pour étudier le visage de Lacey.

— Rien du tout, mentit-elle en remplissant une casserole d'eau pour préparer le déjeuner.

Comme elle évitait le regard de Milly, celle-ci ne se laissa pas décourager.

— Elle a ses yeux, tu sais, commenta-t-elle doucement.

Lacey se retourna brutalement, de l'eau éclaboussant son poignet.

— Quoi ?

Las, de toute évidence, il était inutile de protester. Milly la regardait avec un mélange de compassion et d'inquiétude. Elle connaissait la vérité.

— Je comprends pourquoi tu étais aussi nerveuse de l'interviewer. Je pensais que tu t'inquiétais simplement parce que c'était une opportunité importante pour toi et qu'il est... enfin, qu'il est l'homme qu'il est, termina-t-elle comme Lacey s'évertuait à combattre la panique montant en elle.

Celle-ci ne l'avait pas quittée depuis que Brandon s'était présenté à sa fille une demi-heure plus tôt, une étrange expression passant sur son visage comme il observait Ruby.

Milly referma le robinet et la prit des mains de Lacey.

— C'est le père de Ruby, n'est-ce pas ?

Sa question résonna en elle et son cœur se serra douloureusement. Elle ne supportait plus de mentir. Il était temps de dire la vérité.

Baissant les yeux, elle acquiesça lentement.

Milly jura avant de demander :

— Je suppose qu'il n'est pas au courant ?

Les larmes aux yeux, Lacey secoua la tête. Elle n'avait pourtant pas le droit de pleurer, pas après ce qu'elle avait fait.

— Je crois qu'il est au courant à présent. Et si ce n'est pas encore le cas, ça ne saurait tarder. Il est loin d'être idiot, soupira-t-elle.

Elle n'avait pas la moindre idée de la façon dont il allait réagir ni ce qu'il allait faire après avoir découvert la vérité.

Une chose était certaine : il n'allait pas l'épargner, et elle ne pouvait pas le lui reprocher.

Non seulement elle lui avait menti, mais elle l'avait également privé de ses droits de père. Il n'avait peut-être jamais eu l'intention d'avoir des enfants, mais il avait une fille depuis quatre ans et trois mois. Et elle l'avait empêché de prendre une part active dans sa vie. Son comportement était impardonnable.

Se frottant les yeux d'un geste furieux, elle lutta pour ne pas fondre en larmes.

— Il s'est passé quelque chose entre vous, la nuit dernière ? demanda Milly.

De nouveau, Lacey baissa les yeux pour éviter son regard, mais elle ne put s'empêcher de rougir.

— Je me disais bien qu'il semblait incapable de te quitter du regard...

Lacey retint une grimace. Était-ce vraiment aussi évident ?

— Je suis désolée d'être sortie avec Ruby, commenta Milly, ayant perçu sa détresse.

— Ne le sois pas, rétorqua-t-elle en faisant un effort pour plonger ses yeux dans les siens. Tu n'as rien fait de mal.

Brandon Cade non plus, d'ailleurs. Du moins, pour l'instant...

— J'aurais dû lui parler de Ruby hier.

Elle jura en secouant la tête.

— J'aurais dû lui dire la vérité quand elle est née.

— Pourquoi ? Ruby est heureuse et en bonne santé. Elle ne manque de rien et surtout pas d'amour, poursuivit-elle. Ce n'est pas rien, après la façon dont papa nous a traitées après la mort de maman.

Le cœur de Lacey se serra. Milly cherchait à la réconforter, mais elle ne méritait pas sa gentillesse.

— Ruby n'a pas de père, et c'est ma faute.

— Elle en a un à présent, contra Milly. Et non seulement c'est le type le plus canon que j'aie jamais vu, mais en plus il est riche et est fou de toi. Je suis sûre que tout ira bien.

Lacey se força à sourire. Milly avait tendance à voir le verre à moitié plein, mais elle ne connaissait pas Brandon.

— Je ne crois pas que ce soit toujours le cas, soupira-t-elle.

Il valait d'ailleurs mieux qu'ils prennent leurs distances. La situation était déjà assez compliquée comme cela sans y ajouter l'incroyable alchimie qui les unissait et lui faisait perdre ses moyens dès qu'il croisait son regard.

— Je ne sais même pas comment il va réagir. Et s'il voulait me prendre Ruby ?

Cette perspective la terrifiait.

— Il ne le fera pas, lui assura Milly.

Lacey n'en était pas si sûre. Brandon était un homme puissant qui savait se montrer impitoyable quand il le voulait.

Ah, si seulement elle n'avait pas cédé à la tentation, rien de tout cela ne serait arrivé !

— Tu devrais peut-être lui avouer la vérité avant qu'il ne la découvre par lui-même, proposa Milly.

Lacey acquiesça. Milly avait raison. Comment pouvait-elle prétendre vouloir ce qu'il y avait de mieux pour Ruby si elle était incapable d'affronter son père ? Il était temps d'arrêter de fuir.

Confiant la préparation du repas à sa sœur, elle prit son portable pour appeler l'assistant de Brandon.

Son téléphone vibra avant qu'elle ait eu le temps de composer son numéro, et elle ouvrit le mail envoyé par Daryl Wilson.

> Mademoiselle Carstairs, en pièce jointe vous trouverez la lettre de l'avocat de M. Cade, que je vous ai également envoyée par courrier postal aujourd'hui. M. Cade ayant des raisons de penser que la mineure, Ruby Devlin Carstairs, est sa fille, il vous est demandé de lui faire passer un test ADN. Dès que les résultats seront connus, l'équipe légale de M. Cade vous contactera pour discuter de ses demandes. N'hésitez pas à me contacter si vous avez des questions.

Lacey pressa une main tremblante sur ses lèvres pour

s'empêcher de hurler, en parcourant la lettre transmise par l'assistant de Brandon. Elle était aussi froide que le mail, presque comme si chaque mot et chaque syllabe avaient été soigneusement choisis pour la faire souffrir et témoigner de la colère du puissant Brandon Cade.

Le générique du dessin animé que regardait Ruby résonna, ses notes joyeuses et mélodieuses accompagnant le rire innocent de la fillette alors que Lacey luttait pour ne pas suffoquer.

Il était trop tard. Elle avait laissé la peur gouverner sa vie durant trop longtemps, et Ruby était sur le point d'en payer le prix.

7

— Monsieur Cade, Mlle Carstairs est arrivée. Êtes-vous prêt à la recevoir ? demanda Daryl.

Il se tenait à l'entrée du bureau où Brandon discutait des étapes à venir avec ses quatre avocats depuis plus de deux heures.

Irrité de l'interruption, Brandon lui lança un regard glacial.

L'espace d'un instant, il envisagea de répondre avant de renoncer. Il était tellement furieux qu'il risquait de regretter ses paroles. Sa colère ne l'avait pas quitté depuis qu'il avait posé les yeux sur Ruby Devlin Carstairs, et elle n'avait fait qu'enfler ces trois derniers jours. Et lorsqu'il avait découvert les résultats du test ADN ainsi que les informations dénichées par Daryl sur le certificat de naissance de la petite fille, il avait failli exploser.

La petite Ruby était née trente-huit semaines et trois jours après qu'il avait fait l'amour avec passion à sa mère dans un petit bureau d'une boîte de nuit de Soho. Elle était le résultat de sa rencontre avec une vierge et un préservatif déchiré.

Un enfant ! Il avait un enfant !

Et Lacey n'avait même pas pris la peine de mettre son nom sur le certificat de naissance. L'emplacement prévu pour le père était vide. Comment avait-elle osé ?

Se passant la main dans les cheveux, il s'efforça d'ignorer le nœud serrant son estomac depuis qu'il avait appris qu'il y avait 98 % de chance que Ruby soit sa fille.

Le test était d'ailleurs superflu. Il lui avait suffi de plonger ses yeux dans ceux de l'enfant pour reconnaître leur couleur similaire aux siens. Lacey avait menti durant cinq ans, faisant de lui un homme pire que ne l'avait été son père.

Il n'avait jamais eu l'intention ni même envisagé d'avoir des enfants, et ce pour une raison très simple : il ne pensait pas avoir les qualités nécessaires pour élever et prendre soin d'un enfant correctement. Il était malheureusement trop tard pour s'en inquiéter, à présent. Il devait prendre ses responsabilités.

Ruby Devlin Carstairs était une part de lui, et, bien qu'il soit en colère contre sa mère de lui avoir caché son existence et contre lui-même également pour n'avoir jamais cherché à revoir Lacey, il ne pouvait pas abandonner son enfant comme sa mère l'avait abandonné.

Non, il était père à présent et devait trouver un moyen de nouer une relation avec sa fille. Comment ? Il n'en avait pas la moindre idée. Il ne connaissait rien aux enfants, mais une chose était certaine : Lacey ne serait plus seule à prendre les décisions concernant leur fille.

— Faites-la entrer, ordonna-t-il en allant se placer derrière son bureau pour observer le panorama.

Inspirant profondément, il tenta de reprendre le contrôle de ses émotions, en vain. Lacey était arrivée.

Se retournant, il la fixa d'un regard glacial, notant au passage qu'elle portait un ensemble similaire à celui qu'elle arborait une semaine plus tôt quand elle était entrée dans son bureau, feignant de ne pas le connaître alors qu'il était le père de son enfant...

Malgré lui, ses yeux se posèrent sur son corps aux courbes séductrices, et sur la rougeur s'étalant sur son visage. Pourquoi la désirait-il toujours autant alors qu'elle lui avait menti depuis leurs retrouvailles ? Non, depuis plus de cinq ans !

Comme il restait silencieux, John Marrow, le chef de son service légal, accueillit Lacey et l'invita à s'asseoir.

— Comme vous le savez, mademoiselle Carstairs,

commença-t-il d'un ton parfaitement professionnel, hier après-midi, nous avons reçu les résultats du test ADN prouvant que notre client, M. Cade, est le père biologique de votre fille Ruby Devlin Carstairs.

— Je suis au courant, oui, rétorqua-t-elle d'une voix douce.

Comment osait-elle se présenter ainsi devant lui ? Elle ne semblait même pas regretter son geste ! Et qu'aurait-elle fait s'il n'avait pas rencontré Ruby ? Continuer à mentir ?

— Depuis combien de temps ? demanda-t-il, incapable de se contenir plus longtemps.

Ses employés avaient disparu, il n'y avait plus qu'eux, et il voulait des réponses.

— Monsieur Cade, je ne crois pas que..., intervint Marrow.

— Depuis combien de temps sais-tu que je suis son père ? insista-t-il, ignorant l'avocat.

Elle tressaillit, mais ne chercha pas à éviter son regard.

— Depuis le jour où j'ai découvert que j'étais enceinte.

— Espèce de garce !

Marrow et ses collègues sursautèrent, mais Lacey n'eut pas la moindre réaction. Elle se contentait d'attendre comme si elle avait décidé d'accepter sa colère, et son attitude manqua le rendre fou.

— De quel droit m'as-tu caché l'existence de ma fille ?

— Monsieur Cade, tenta de nouveau Marrow, il faut que...

— Fermez-la et sortez. Je veux lui parler seul à seule.

Ses employés hésitèrent un instant, mais finirent par se lever, à l'exception de Marrow.

— Monsieur Cade, vous ne semblez pas être dans votre état normal. Je pense qu'il vaudrait mieux...

— Ne vous inquiétez pas, le rassura aussitôt Lacey sans quitter Brandon du regard. Il ne va pas me faire de mal.

— Vous êtes sûre de vous, mademoiselle Carstairs ?

Elle acquiesça, et il sortit après avoir récupéré ses affaires.

En d'autres circonstances, Brandon aurait pu admirer son courage, mais il était trop en colère pour cela.

Faisant le tour de son bureau, il vint se placer tout près d'elle, regrettant presque de ne pas la voir trembler.

— Qu'est-ce qui te fait croire que je ne vais pas te faire de mal ?

— Parce que tu l'as déjà fait et que j'ai survécu, annonça-t-elle en se levant pour mieux le défier.

Brandon serra les mâchoires. Autrefois, il s'était fait la promesse de ne jamais laisser une femme le faire souffrir autant que sa mère l'avait fait souffrir, mais Lacey avait réussi à pénétrer ses défenses malgré ses précautions.

Pour une raison inconnue, il avait été incapable de lui résister depuis leur première rencontre. Il l'avait désirée avec une force incroyable, et le pire était qu'il la désirait toujours malgré ses mensonges. Il avait fait preuve de faiblesse, et il en payait à présent le prix.

— Je t'ai blessée ? l'interrogea-t-il, sarcastique. Comment ?

Elle ouvrit la bouche, mais la referma aussitôt avec un soupir.

— Ça n'a plus aucune importance, finit-elle par dire. Je ne suis pas là pour me justifier. Aucun de mes arguments ne pourrait te convaincre, de toute façon... Je suis venue pour m'excuser. Et pour trouver une solution pour la suite, si c'est possible.

Brandon plissa les yeux. Pensait-elle vraiment le convaincre ainsi ?

— Tu peux me punir si tu le souhaites, continua-t-elle. Mais je te préviens : je ne te laisserai pas t'en prendre à Ruby. Elle n'a rien fait de mal. Ce n'est pas sa faute.

— Nous sommes d'accord sur ce point : tout est *ta* faute.

Il attendit qu'elle réplique ou cherche à se dédouaner, mais elle hocha simplement la tête.

De nouveau, son absence de réaction l'irrita. Comment osait-elle jouer les martyres ? Pensait-elle vraiment s'en tirer à si bon compte ?

La prenant par le bras, il l'attira à lui.

— Tu reconnais donc que tu mérites d'être punie ?

Il avait besoin de reprendre le contrôle de la conversation.

Se libérant, Lacey se frotta le bras, une étincelle féroce s'allumant dans ses yeux. Cette même étincelle qu'il avait toujours trouvée irrésistible.

— Je n'ai jamais dit ça, mais si c'est ce dont tu as besoin, je suis prête à assumer mes responsabilités. Tout ce que je te demande est d'épargner ma fille, conclut-elle, une expression inquiète passant sur son visage.

Brandon poussa un juron, sa peur bien visible calmant aussitôt la rage brûlant ses entrailles. Que diable lui arrivait-il ? Il avait eu l'intention de se montrer sans pitié, mais pas de perdre le contrôle de ses émotions de cette façon. Il s'était conduit comme un véritable salaud, car s'il était en colère contre Lacey, il n'avait jamais eu l'intention de l'effrayer.

— Tu ne devrais pas plutôt dire « notre fille » ? cracha-t-il en réalisant enfin pourquoi il était incapable de se contrôler.

Pour la première fois de son existence, il n'avait aucun plan, aucune stratégie. Il ne savait pas comment agir en père ni s'il avait envie d'en devenir un. Et s'il avait l'intention d'assumer ses responsabilités, il ignorait comment procéder. Il allait devoir demander son aide, une perspective insoutenable.

D'aussi loin qu'il s'en souvienne, il n'avait compté sur personne, n'avait jamais eu confiance en qui que ce soit depuis qu'il avait appris, à ses dépens, la douleur de la trahison.

À présent, il devait s'en remettre à une femme qui lui avait non seulement menti durant cinq ans, mais qui lui faisait perdre le contrôle de sa libido d'un simple regard, pour élever un enfant dont il ne connaissait rien et qui ne savait rien de lui. Comment en était-il arrivé là ?

Lacey poussa un soupir de soulagement en notant que Brandon semblait s'être calmé.

Lentement, elle s'efforça de se détendre à son tour malgré la douleur lui pinçant l'estomac depuis qu'elle avait reçu le mail de l'assistant de Brandon trois jours plus tôt.

Elle n'avait pratiquement pas dormi depuis, craignant sa

réaction ainsi que les demandes qu'il pourrait faire. La présence de ses nombreux avocats à son arrivée dans son bureau n'avait d'ailleurs rien fait pour la rassurer, au contraire. Mais c'était la réaction de Brandon qui l'avait le plus choquée. Jamais elle n'aurait pu l'imaginer perdre ainsi le contrôle de ses émotions.

— En effet, Ruby est notre fille, se corrigea-t-elle dans l'espoir de l'apaiser.

Malgré la situation, elle ne pouvait pas s'empêcher d'éprouver de la compassion envers lui, ce qui était complètement ridicule. Brandon était son ennemi, un formidable ennemi même, à la fois riche et puissant. Et il était évident qu'il était furieux contre elle. Elle avait d'ailleurs passé de nombreuses heures à réfléchir à la façon dont il allait la punir pour ces cinq années de silence.

Pourtant, sa réaction brutale avait quelque chose d'étrangement rassurant… et familier. Elle lui rappelait sa propre panique quand les deux lignes rouges étaient apparues sur le test de grossesse cinq ans plus tôt. Elle était également plus encourageante que la froideur clinique transparaissant dans la lettre envoyée par ses avocats ou dans les messages laissés par son assistant.

Depuis le début, elle s'était convaincue qu'il ne souhaiterait jamais s'impliquer dans la vie de sa fille, et que l'existence de Ruby n'était qu'une gêne ou, au mieux, une façon de la punir de lui avoir caché la vérité durant si longtemps. À présent, elle n'en était plus aussi sûre.

— Je n'ai pas l'intention de lui faire du mal, reprit-il, la tirant de ses pensées.

Lacey l'observa en silence. Il avait glissé les mains dans ses poches, et semblait à la fois en colère, mais également… épuisé. Se pouvait-il que la perspective de devenir parent le terrifie autant qu'elle l'avait terrifiée à l'époque ? Sans doute, oui…

La culpabilité l'assaillit de nouveau, et elle pinça les lèvres.

Contrairement à elle, Brandon n'avait pas eu plusieurs mois

pour se préparer à l'arrivée de sa fille… parce qu'elle ne lui en avait pas donné l'occasion. Tout était sa faute.

— Je n'aurais jamais dû te cacher la vérité. Quand j'ai pris la décision de la garder, j'ai eu peur que tu cherches à me convaincre de changer d'avis. Je me suis persuadée que je faisais ce qu'il y avait de mieux pour elle et pour moi. Je… Je pensais que tu ne voudrais jamais d'elle et…

— Tu pensais que je te forcerais à avorter ? la coupa-t-il. Qu'est-ce qui a pu te faire croire une chose pareille ?

— Ce soir-là, ce que tu as dit après que nous avons…

Elle s'interrompit, incapable de poursuivre comme si elle était redevenue cette jeune femme naïve et inexpérimentée qu'elle était alors.

— Qu'est-ce que j'ai dit ?

— Tu as dit que ça n'aurait jamais dû arriver. Le préservatif s'était déchiré et je devais contacter ton bureau s'il y avait des conséquences. Et que… Et que tu t'en occuperais.

Malgré les années, elle n'avait jamais pu oublier ces mots tant ils l'avaient marquée.

Brandon plissa les yeux comme s'il doutait de ses paroles, prouvant une fois de plus qu'il n'avait jamais accordé autant d'importance à cette nuit qu'elle.

S'appuyant contre son bureau, il croisa les bras avant de jurer doucement.

— Je ne me souviens pas avoir dit ça, mais je ne serais pas surpris de l'avoir fait. Je crois que j'étais encore sous le choc de t'avoir prise avec autant de… passion alors que tu étais vierge.

Les joues rouges, Lacey hocha la tête. Cette nuit n'avait pas eu la même signification pour lui, mais au moins elle ne s'était pas imaginé ce lien intense et puissant qui les unissait alors, et les unissait toujours malgré les années passées.

— Ça n'explique toujours pas pourquoi tu ne m'as pas parlé de notre fille quand tu es venue m'interviewer ou pendant le bal ou même après, reprit-il, son regard se durcissant de nouveau. Tu as eu de nombreuses opportunités avant et après que nous couchions ensemble, mais tu n'as rien dit. Pourquoi ?

Son cœur se serra douloureusement, et elle croisa les bras sur sa poitrine pour se protéger de la douleur… et de son regard.

— Tu as raison. J'aurais dû t'en parler.

— Il va falloir faire mieux que ça, Lacey.

Il s'approcha comme une étincelle brûlante s'allumait dans ses yeux, et elle recula pour lui échapper, en vain. Son siège était juste derrière elle. Elle était bloquée.

— Je… Je me suis laissé distraire, murmura-t-elle, les joues rouges.

— Ce n'est toujours pas suffisant, dit-il en lui caressant le visage.

Son souffle se bloqua dans sa poitrine alors qu'une douce chaleur se répandait dans son corps, réchauffant ses membres et lui donnant envie de s'abandonner à sa caresse.

Cette fois pourtant, et contrairement à ce qui s'était passé quatre jours plus tôt, elle réussit à se contrôler et repoussa sa main.

— Ne me touche pas, Brandon. Ce n'est pas une bonne idée.

À ces mots, il éclata d'un rire rauque et amer.

— Vraiment ? Ton corps a pourtant l'air de dire le contraire.

— Et alors ?

Elle n'était plus cette jeune fille crédule et stupide. Non, elle était devenue une femme forte, intelligente et courageuse. Il était temps que Brandon le comprenne.

La situation était déjà bien assez compliquée comme cela sans y ajouter le sexe. Il était hors de question qu'elle s'abandonne à la tentation et retombe dans ses bras. Elle n'en serait que plus vulnérable et n'en souffrirait que davantage.

On frappa à la porte et Brandon jura en s'écartant. Il se passa la main dans les cheveux, et Lacey se mordit les lèvres dans l'espoir de calmer le besoin impérieux courant dans ses veines.

Se laissant tomber dans son siège, elle ferma les yeux pour se reprendre comme Brandon se glissait derrière son bureau.

— Monsieur Cade, il s'est passé quelque chose, annonça son assistant en entrant dans la pièce.

— Quoi ?

Lacey les observa, le cœur battant. Daryl qui lui était toujours apparu comme un homme calme et réfléchi semblait étonnement nerveux.

Tendant un portable à Brandon, il expliqua :

— Je viens de recevoir ce message d'une source sûre au sein de Drystar Media Group.

Lacey pinça les lèvres. Il s'agissait d'une compagnie possédant plusieurs tabloïds.

— Ils vont publier cet article demain, continua Daryl comme Brandon fronçait les sourcils.

— Comment ont-ils obtenu cette information ? demanda-t-il, visiblement furieux.

Lacey se raidit et se leva d'un bond.

— Je crois qu'il vaut mieux que je m'en aille.

— Reste où tu es, ordonna Brandon d'un ton sec. Ça te concerne aussi.

Mais de quoi parlait-il ?

— Nous l'ignorons, répondit Daryl. La fuite vient peut-être du laboratoire.

À ces mots, Lacey s'écroula dans son siège. Drystar était au courant de l'existence de Ruby ! Et ils allaient publier un article sur sa fille ! C'était une perspective insoutenable.

Bien entendu, elle s'était inquiétée de l'implication de Brandon dans son quotidien à présent qu'il avait découvert la vérité, mais elle ne s'attendait certainement pas à ce que les détails de sa vie privée et les circonstances de la naissance de Ruby se retrouvent à la une de la presse à scandale, pour être analysés, disséqués et discutés par tous.

— Ils vont vous présenter comme un père absent, poursuivit Daryl, qui a mis une employée de dix-neuf ans enceinte avant de la virer et de la rayer de sa vie sans s'inquiéter de ce qui pouvait arriver à sa fille.

— Mais c'est complètement faux ! s'écria Lacey.

Brandon et Daryl l'ignorèrent complètement.

— Quoi d'autre ? s'enquit Brandon sans même lui accorder un regard.

— J'ai discuté avec Fiona, des relations publiques, et avec Dan, chargé des négociations commerciales. Ils sont tous les deux d'accord sur un point : le contrat avec Atlanta va tomber à l'eau si nous ne trouvons pas un moyen de maîtriser l'information pour limiter les dégâts.

Brandon acquiesça. Lacey continua de les observer en silence. Il semblait avoir pris une décision, mais elle ignorait laquelle.

— Pourquoi ne pas leur dire la vérité ? proposa-t-elle comme le regard de Brandon se posait sur elle. Je pourrais témoigner que tu ignorais l'existence de Ruby et que tu ne l'as découverte qu'il y a trois jours.

Ignorant son intervention, il reporta son attention sur Daryl.

— Faites revenir Marrow et l'équipe juridique et dites-leur que nous passons au plan B.

Daryl quitta aussitôt la pièce, et Lacey eut soudain l'impression que son cœur allait bondir hors de sa poitrine tant il battait fort.

Brandon la contemplait avec la même morgue arrogante que cinq ans auparavant. Toute trace de colère, de désir ou d'inquiétude avait déserté son visage. Il n'y avait plus qu'une certitude inébranlable qui lui glaçait le sang.

— Quel est le plan B ? demanda-t-elle d'une voix tremblante.

Elle était redevenue cette jeune fille inexpérimentée et manquant de confiance en elle qu'elle était cinq ans auparavant.

Le regard de Brandon croisa le sien, une étrange lueur brillant dans ses yeux émeraude.

— Nous allons nous marier, annonça-t-il froidement.

8

— Tu n'es pas sérieux ? fit Lacey.

Daryl et l'équipe juridique reprirent leur place, mais elle ne leur accorda pas un regard. Son attention était entièrement focalisée sur Brandon qui semblait avoir repris le contrôle de ses émotions.

Le cœur de Lacey se mit à battre douloureusement dans sa poitrine comme une nouvelle vague de panique montait en elle. C'était impossible. Elle avait sûrement mal compris.

Les yeux de Brandon se posèrent brièvement sur elle, et la réunion reprit son cours comme si elle était devenue invisible ou, pis, comme si elle n'était même pas là.

Daryl et Marrow se mirent aussitôt au travail pour répondre aux ordres de Brandon. Il fallait rédiger un accord prénuptial, gérer la division de ses propriétés et les questions d'héritage...

— Je... Je n'ai même pas accepté de t'épouser, dit-elle d'une voix tremblante.

Que lui arrivait-il ? Elle avait l'impression d'être montée dans un manège lancé à pleine vitesse.

Hélas, une fois de plus, Brandon et ses employés l'ignorèrent complètement.

— Daryl, contactez Claire, du service des finances, ordonna Brandon en s'adressant à son assistant. Demandez-lui de verser une allocation mensuelle à Mlle Carstairs équivalente à cinq fois son salaire actuel. Elle ne pourra pas aller travailler pour l'instant. Dites-lui également de prévoir une pension alimentaire pour couvrir les dépenses de ma fille. Nous pourrons lui créer un compte épargne plus tard. Je veux également qu'elle soit officiellement nommée comme mon héritière, continua-t-il d'un ton ferme. Mlle Carstairs et ma fille viendront s'installer au domaine Cade jusqu'au mariage.

À ces mots, Lacey manqua suffoquer.

— Je veux annoncer nos fiançailles lors d'une conférence de presse demain matin à 8 heures. Nous pourrons prendre les journaux américains de court. C'est bien clair ?

Les employés acquiescèrent tandis que Lacey entrait dans un univers parallèle. Elle n'avait pas l'intention d'épouser Brandon Cade ni de renoncer à son travail ou de s'installer chez lui !

— Parfait, maintenant, au boulot, nous avons beaucoup à faire.

Marrow et son équipe quittèrent la pièce, et Daryl les suivit avant de fermer la porte derrière eux. Brandon fit le tour de son bureau pour venir se placer devant elle.

Les jambes tremblantes, elle se leva et plongea son regard dans le sien.

— N'aurais-tu pas oublié quelque chose d'important ? demanda-t-elle d'une voix forte.

Il ne fallait surtout pas qu'il sache combien elle était bouleversée. Brandon Cade était le genre d'homme à profiter des points faibles de ses adversaires pour obtenir ce qu'il voulait.

— Quoi ? s'enquit-il en croisant les bras, un sourire hautain étirant ses lèvres sensuelles.

— Je n'ai jamais accepté de t'épouser. Tu ne me l'as d'ailleurs jamais demandé, fit-elle remarquer, outrée par son arrogance.

— Je ne t'ai rien demandé parce que nous n'avons pas le choix, rétorqua-t-il en reprenant son sérieux. Le mariage est notre seule option.

— Tu veux dire que c'est ta seule option, le corrigea-t-elle avec colère. J'ai bien compris que l'article de *Drystar* va écorner ton image et mettre en péril un accord important sur lequel tu as beaucoup travaillé. Je suis prête à faire tout ce que je peux pour t'aider à limiter les dégâts, dit-elle, sincère. Je pourrais faire une déclaration stipulant que tu ignorais l'existence de Ruby et que tu n'as découvert la vérité qu'il y a trois jours, par exemple.

En agissant ainsi, elle s'exposerait sans doute à une humiliation publique. De nombreux lecteurs ne manqueraient pas de commenter son comportement sur les réseaux sociaux, mais c'était peut-être sa punition pour avoir laissé sa douleur et sa peur l'empêcher de faire ce qu'il fallait cinq ans plus tôt.

— Je sais que tout est ma faute, mais je n'ai pas l'intention de renoncer à un emploi que j'adore ou de déménager avec Ruby pour devenir une femme au foyer et...

— Idiote, la coupa-t-il, son masque d'impassibilité laissant place à de la colère. Tu penses vraiment que je m'inquiète pour l'accord d'Atlanta ?

— Oui.

— As-tu la moindre idée de ce qui vous attend toi et notre fille après la parution de l'article ? Vos vies et même celle de ta sœur ne seront plus jamais les mêmes.

— J'ai bien conscience que les choses seront légèrement compliquées pendant quelque temps, mais...

— Légèrement compliquées ? répéta-t-il d'un ton lourd de reproches. Vous allez vous retrouver au centre d'une véritable tempête médiatique. Je sais de quoi je parle, ajouta-t-il en se passant la main dans les cheveux. Tu crois vraiment que le fait qu'elle soit si jeune va changer quoi que ce soit ? Je refuse que ma fille traverse une telle épreuve. Elle a besoin d'être protégée, et c'est exactement ce que j'ai l'intention de faire.

— Je vois...

Les mots de Brandon tournoyaient dans sa tête. Il souhaitait sincèrement s'impliquer dans sa vie. Pourquoi avait-elle douté de lui ?

— Je peux m'arranger pour que Milly, Ruby et moi, nous

installions chez des amis s'il le faut, mais je ne peux pas t'épouser.

Il était hors de question qu'elle soit dépendante de Brandon, mais ce n'était pas son unique raison de refuser. Ils ne savaient rien l'un de l'autre, et elle n'était même pas certaine qu'ils s'appréciaient véritablement.

Ruby méritait de connaître son père, et il méritait de connaître sa fille, mais ils pouvaient tous deux nouer des liens sans qu'il y ait mariage. Et même si elle acceptait cette offre insensée, comment pourraient-ils vivre ensemble ? Brandon parlait-il d'un mariage de convenance pour apaiser les médias ou en voulait-il davantage ? S'attendait-il à ce qu'elle couche avec lui ?

À cette idée, elle se mit à rougir, et c'était là le nœud du problème. Et si la jeune fille naïve, terrifiée et solitaire refaisait surface ? Celle qui avait été prête à tout pour attirer son attention et qui s'était convaincue qu'elle l'aimait après avoir passé une nuit, non, quelques heures, entre ses bras, celle qui avait eu le cœur brisé quand il l'avait rejetée… Non, vraiment, elle ne pouvait pas redevenir cette jeune femme. Il valait donc mieux prendre ses distances. Brandon Cade était un homme dangereux.

— Tout ce cirque sera oublié d'ici quelques semaines, insista-t-elle dans l'espoir de le convaincre.

Elle ne pouvait pas l'épouser. Son cœur n'y survivrait pas.

— Si tu y tiens vraiment, nous pouvons annoncer nos fiançailles, proposa-t-elle en guise de compromis.

Brandon n'était pas responsable de la situation, et elle devait se montrer juste envers lui, mais elle refusait de le laisser prendre des décisions sur son avenir sans la consulter.

— Ça suffira sûrement à détourner l'attention de la presse jusqu'à ce que le scandale se calme. Nous pourrons annoncer l'annulation de nos fiançailles d'ici six mois.

— Ta proposition ne me convient pas, déclara-t-il, sincère.

Il voulait ce mariage, et pas uniquement pour les raisons qu'il lui avait données. Il désirait que Lacey devienne sa femme. Il voulait partager sa vie avec elle, et ce besoin était bien plus intense que celui de lui faire payer ses mensonges. Il était également plus fort que sa détermination féroce de protéger sa fille des souffrances qu'il avait endurées quand sa mère l'avait abandonné pour un autre homme.

Et contrairement à ce que pensait Lacey, sa décision n'avait rien à voir avec le contrat d'Atlanta. Elle n'était pas non plus motivée par ce désir incroyable qu'elle éveillait en lui, cet incendie qui enflammait ses sens et son corps dès qu'elle croisait son regard.

Il n'était pourtant pas prêt à discuter de ses véritables motivations avec elle.

— Pourquoi pas ? demanda-t-elle.

— Parce que Ruby est ma fille, répondit-il d'un ton sec, et je veux faire valoir mes droits en tant que père.

Marrow avait souligné que le mariage et le test ADN étaient sa meilleure chance de faire reconnaître ses droits. Il était donc parfaitement normal qu'il insiste tant pour l'épouser.

— Ainsi, tu ne pourras plus jamais m'empêcher d'avoir une relation avec elle.

Lacey cilla, mais ne désarma pas.

— Tu peux toujours avoir une relation avec elle sans pour autant...

— Ce n'est pas suffisant, la coupa-t-il froidement. Comment puis-je te faire confiance pour remplir tes obligations et ta part du marché ?

— Je suis sa mère, déclara-t-elle, les larmes aux yeux, et je veux ce qu'il y a de mieux pour elle. Je reconnais avoir fait une erreur en te cachant son existence, mais...

— Qu'est-ce que ça change ? l'interrompit-il de nouveau. Le fait que tu sois sa mère n'apporte aucune garantie !

Une pointe de douleur lui comprima la poitrine et il serra les dents pour lui cacher son trouble. Lacey ne devait surtout pas découvrir que cette conversation le mettait au supplice, ouvrant une plaie qu'il pensait pourtant fermée.

— Ma propre mère m'a vendu à mon père quand je n'avais que trois ans, dit-il, soudain incapable de se retenir. Je faisais partie de son indemnité de divorce de dix millions de livres. Je ne l'ai pas revue avant le décès de mon père. J'avais dix-sept ans à l'époque. Elle voulait plus d'argent, poursuivit-il avec un sourire sardonique, parce qu'elle avait tout dépensé. Le désir d'une mère de faire ce qu'il y a de mieux pour son enfant a un prix, comme toute autre chose.

— C'est... c'est horrible, fit-elle avec une grimace.

Brandon jura intérieurement. Comment avait-il pu être aussi stupide ? Il venait de lui confier une information que seuls quelques employés, légalement tenus de garder le secret, possédaient. Lacey connaissait à présent l'une de ses faiblesses... par sa faute ! Et si elle décidait de le trahir de nouveau ?

— Je suis désolée, murmura-t-elle. Ta mère n'avait rien d'une mère.

À ces mots, son souffle se bloqua dans sa gorge. Il ne voulait pas de sa pitié...

— Ne t'inquiète pas, tout cela remonte à bien longtemps.

Sa mère n'avait plus le pouvoir de lui faire du mal. Elle ne l'avait d'ailleurs eu que quelques années à peine... Et lorsqu'elle avait refait surface à la lecture du testament de son père, il n'avait pas hésité une seconde à la rayer de sa vie. Il n'avait pas cru à ses excuses, à ses regrets et à ses demandes de renouer le contact. Enfin, non, ce n'était pas tout à fait exact.

L'espace d'un instant, il avait voulu croire à sa sincérité. Et lorsqu'elle s'était jetée à son cou, son ressentiment avait brièvement laissé place à l'espoir stupide et ridicule qu'elle tenait réellement à lui. Bien entendu, elle s'était trahie dès l'instant où il lui avait donné l'occasion de prouver sa bonne foi. Elle s'était jetée sur son offre de lui donner de l'argent si elle promettait de ne plus le contacter et de disparaître de sa vie.

Malheureusement, il lui avait fallu bien plus de temps pour oublier sa douleur de ne pas avoir été à la hauteur de ses attentes et le chagrin qui ne l'avait pas quitté durant son enfance le poussant à vouloir des choses impossibles dont il n'avait pas besoin.

Étudiant le visage de Lacey, il retint un soupir. Il avait commis une erreur en se confiant ainsi à elle.

— Brandon, je ne peux pas t'épouser uniquement parce que tu ne me fais pas confiance. Je comprends pourquoi tu en es incapable, ajouta-t-elle en levant la main comme pour l'empêcher de répondre, mais il faut que tu me croies quand je te dis que je suis prête à faire n'importe quoi pour t'aider à nouer une relation avec ta fille et réparer la terrible erreur que j'ai commise en te cachant la vérité. J'aurais dû t'en parler plus tôt, conclut-elle d'une voix douce.

Brandon serra les poings. Lacey semblait regretter sincèrement ses actes, mais ce n'était pas suffisant. Il était hors de question de dépendre de son bon vouloir ou de celui de qui que ce soit d'autre lorsqu'il s'agissait de sa fille.

Le mariage était le seul outil à sa disposition pour obtenir le pouvoir dont il avait besoin : celui d'assumer le rôle de père auprès de Ruby, mais également celui d'explorer en profondeur l'étrange relation qui le liait à Lacey malgré ses efforts pour l'oublier.

Las, elle ne semblait pas prête à entendre raison, et il ne pouvait pas courir le risque de poursuivre cette conversation et de lui dévoiler une autre de ses faiblesses ou une autre anecdote concernant son passé.

— Mon chauffeur va te ramener chez toi, déclara-t-il en s'efforçant d'ignorer l'expression surprise sur son visage.

À quoi s'attendait-elle ? À ce qu'il la kidnappe ?

— Je te contacterai pour organiser une rencontre avec ma fille.

— D'accord, fit-elle en soupirant, visiblement soulagée, avant de quitter son bureau.

Il était évident qu'elle s'attendait à ce qu'il insiste davantage, mais c'était inutile. Ses émotions s'étaient enfin calmées, lui permettant de réfléchir de façon plus cohérente à la situation.

L'article programmé pour le lendemain forcerait Lacey à réaliser que sa position était à la fois précaire et intenable. Elle ne manquerait pas non plus de constater qu'elle ne pouvait pas infliger tout cela à leur fille.

Il ne lui restait plus qu'à se montrer patient et à attendre que Lacey accepte l'inévitable : elle ne pouvait pas échapper à ce mariage.

9

— Je ne peux même pas contacter la crèche de Ruby pour les prévenir qu'elle ne viendra pas aujourd'hui, dit Lacey, dépitée, en écartant discrètement le store pour observer la foule de journalistes massés devant la maison depuis l'aube.

Ils s'étaient multipliés depuis le lever du soleil, et bloquaient à présent le trottoir ainsi que la rue elle-même.

Un photographe l'aperçut et elle recula d'un bond comme les dizaines de questions qu'elle s'était efforcée d'ignorer depuis plus de deux heures fusèrent de nouveau dans sa direction.

— Lacey, parlez-nous de Cade et vous !

— Où est votre fille, Lacey ? Comment va-t-elle ?

— Avez-vous l'intention de le poursuivre en justice ?

L'anxiété lui noua l'estomac, et elle dut retenir une grimace en découvrant Milly qui l'observait d'un air inquiet, et portait une Ruby ensommeillée.

— Pourquoi ils crient, maman ? demanda-t-elle en se frottant les yeux.

Réprimant la culpabilité qui lui serrait le cœur, Lacey la souleva dans ses bras.

— Tout va bien, ma puce. Ils vont finir par se lasser et par s'en aller.

C'était pourtant peu probable. Elles ne pouvaient pas quitter l'appartement, et ne pouvaient même pas allumer leurs portables sans être inondées d'appels et de textos. Comment avaient-ils obtenu son adresse et son numéro de téléphone aussi rapidement ? C'était de la folie...

Et si elle avait bien tenté de demander l'aide de la police, ils lui avaient précisé qu'ils ne pouvaient pas intervenir tant que les photographes et les reporters ne tentaient pas de pénétrer dans l'immeuble.

Pour ne rien arranger, elle avait probablement également perdu son travail. Melody l'avait appelée dix minutes plus tôt pour lui poser des questions sur son article sur Brandon, mais, au ton de sa voix, il était évident qu'elle était au courant de sa relation avec lui. Quand Lacey lui avait expliqué qu'elle ne pourrait pas écrire sa chronique, elle n'avait pas cherché à cacher sa mauvaise humeur. Melody espérait obtenir ses confidences en exclusivité et avait sans doute l'intention de la virer si elle ne changeait pas d'avis rapidement, ce qui n'arriverait jamais.

Et dire qu'elle s'était convaincue qu'elle était capable de faire face à une telle tempête médiatique ! Brandon avait raison : elle n'y arriverait pas. Tout ce qui comptait à présent était de protéger Ruby, sa précieuse petite fille dont elle avait pratiquement oublié l'existence, la veille, quand Brandon avait insisté pour l'épouser.

Inutile de le nier, si elle avait refusé son offre, c'était uniquement parce que la perspective de se retrouver ainsi liée à lui la terrifiait. Elle croyait avoir le choix, mais ce n'était qu'une illusion. Et à présent Ruby en payait le prix... une fois de plus.

— On devrait peut-être appeler Brandon Cade ? proposa Milly, haussant la voix pour couvrir les cris des journalistes. Il est responsable de ce désastre, après tout.

Ce n'était pas vrai, mais Milly l'ignorait. Il lui suffisait d'ailleurs de fermer les yeux pour revoir l'expression de son visage quand il lui avait avoué la vérité sur le divorce de ses parents et le comportement abominable de sa mère.

Elle avait immédiatement compris qu'il n'avait jamais eu l'intention de s'ouvrir ainsi à elle. Il ne voulait pas de sa pitié, mais elle était pourtant bien présente dans son cœur, entremêlée à la panique et à sa crainte concernant l'avenir et le bien-être de Ruby, et les choix qu'elle serait forcée de prendre pour protéger son enfant.

Brandon lui avait offert une porte de sortie, et elle l'avait rejetée sans même prendre la peine d'y réfléchir. Elle aurait pu lui poser des questions sur la façon dont il envisageait leur mariage, mais elle n'avait pu s'y résoudre tant elle avait peur. Une part d'elle-même voulait voir en cette union la preuve qu'il ressentait quelque chose pour elle, ce qui n'avait aucun sens.

Si elle l'appelait maintenant, elle serait forcée d'envisager sa proposition, mais elle ne se faisait pas confiance pour y réfléchir posément. Sa raison semblait l'abandonner dès qu'il s'agissait de Brandon, et la situation était pire à présent qu'elle savait qu'un jeune garçon solitaire et en manque d'amour se cachait derrière le masque de l'homme d'affaires sans pitié et arrogant qu'il affichait en permanence.

Il y avait également son insistance à devenir un véritable père pour Ruby qui lui réchauffait le cœur et la torturait en même temps. Comment pouvait-elle se battre contre lui alors qu'elle lui avait caché l'existence de sa fille pendant si longtemps ?

— Tu penses qu'il accepterait de nous aider ? insista Milly, visiblement inquiète.

— Oui, acquiesça-t-elle.

Il avait affirmé vouloir protéger Ruby, et elle le croyait.

Confiant sa fille à Milly, elle prit son portable dans sa poche, mais avant qu'elle ait eu le temps de composer le numéro, des cris, plus puissants que les précédents, résonnèrent soudain.

— Qu'est-ce qu'il se passe ? demanda-t-elle en allant se poster à la fenêtre.

Une limousine noire suivie de deux autres voitures venait de tourner le coin de la rue.

Des agents de sécurité sortirent aussitôt des deux derniers véhicules pour intercepter la horde de reporters et dégager un chemin comme Brandon ouvrait la portière de la limousine.

Ignorant les journalistes, il adressa quelques mots au chauffeur avant de se diriger vers son immeuble d'un pas assuré.

Une vague de soulagement la gagna aussitôt, et elle ne put retenir un sourire. Il était venu les sauver, elle et sa fille !

Leurs regards se croisèrent, et il indiqua la porte d'un geste de la tête.

Revenant brutalement à la réalité, elle courut pour le laisser entrer avant de refermer rapidement derrière lui.

— Merci d'être venu, dit-elle, le cœur gonflé de gratitude et de quelque chose d'autre de plus puissant.

La situation était un véritable désastre, mais elle n'était plus seule. Brandon avait l'intention de tenir sa promesse de protéger Ruby !

Malgré elle, ses jambes se mirent à trembler, et elle serait tombée s'il ne l'avait pas rattrapée.

— Tu as cinq minutes pour faire tes bagages, annonça-t-il en la ramenant au salon sans la lâcher. Ruby et toi viendrez vous installer dans ma propriété du Wiltshire. Vous y serez à l'abri jusqu'à ce que ça se calme. J'ai également trouvé un appartement pour Milly pas très loin d'ici. Elle pourra y rester si elle ne veut pas vous accompagner.

Lacey ouvrit la bouche pour refuser, mais la referma aussitôt.

Brandon ne lui donnait pas le choix. Il s'attendait à ce qu'elle lui obéisse sans rechigner. Elle allait donc devoir démissionner même si elle n'était pas certaine d'avoir encore un emploi, vu la réaction de Melody un peu plus tôt. Quant aux reporters qui faisaient le pied de grue devant chez elle, elle ne pourrait jamais leur échapper sans son aide.

Avisant Ruby qui se couvrait les oreilles, elle hocha la tête. Il n'y avait plus à hésiter.

— Je vais prendre l'appartement, annonça Milly. C'est très gentil à vous de m'en avoir trouvé un. Je pourrai continuer à travailler. Ruby, Brandon est l'ami de maman, il va te prendre dans ses bras le temps qu'on fasse les bagages. On pourra partir loin de ces gens qui crient, ajouta-t-elle comme Ruby s'accrochait à son cou.

Lacey sentit aussitôt Brandon se tendre, et son cœur se serra en réalisant combien la situation était compliquée pour lui. Il n'avait sans doute jamais tenu un enfant dans ses bras.

Déterminée à l'aider, Lacey voulut s'avancer, mais Ruby finit par lever les bras vers Brandon comme si elle lui faisait confiance.

Brandon fronça les sourcils, mais il n'hésita pas un instant à la soulever.

— Je n'aime pas les cris, monsieur Brandon, dit Ruby en enfouissant sa tête dans sa poitrine.

Le cœur de Lacey se gonfla douloureusement lorsque Brandon posa la main dans le dos de leur enfant.

— Ne t'inquiète pas. Je vais vous emmener loin des gens qui crient, murmura-t-il doucement.

Lacey avait du mal à respirer. Voir ainsi Brandon tenant leur fille dans ses bras était incroyablement émouvant. L'expression de son visage témoignant de sa détermination à la protéger coûte que coûte faillit d'ailleurs lui arracher des larmes. Comment avait-elle pu les priver tous les deux de ces instants ? Et comment allait-elle pouvoir réparer les dégâts qu'elle avait causés ?

— Qu'est-ce que tu attends ? lança Brandon, la tirant de ses pensées. Va faire ton sac. Il te reste quatre minutes.

Treize heures plus tard, Lacey se tenait sur les marches de l'immense propriété de Brandon avec l'impression de vivre un rêve éveillé.

L'hélicoptère de Cade Inc se posa sur la pelouse à quelques mètres de la piscine dans laquelle elle avait nagé avec Ruby durant l'après-midi.

Elle n'avait pas eu l'occasion de parler à Brandon depuis que son chauffeur l'avait déposé à la tour Cade avant de prendre la direction du Wiltshire. Durant le court trajet en voiture, elle avait été trop occupée à calmer Ruby et à lui murmurer des paroles rassurantes pour s'entretenir avec lui, ce qui n'avait pas empêché Brandon de lui souffler à l'oreille :

— Le mariage est le seul moyen de résoudre cette situation. Nous en discuterons à mon retour.

Réprimant un frisson, Lacey croisa les bras en avisant Brandon descendre de l'appareil, suivi par Daryl et par un autre assistant qu'elle ne reconnut pas.

Daryl lui avait envoyé un texto deux heures plus tôt, l'informant que Brandon rentrerait tard et s'entretiendrait avec elle, le lendemain matin. Las, elle n'avait pu se résoudre à aller se coucher. Comment était-elle censée trouver le sommeil alors qu'elle n'avait pas eu l'occasion de lui poser la moindre question sur leur avenir ? Elle se devait également de le remercier d'être venu les sauver et d'avoir permis à Milly d'emménager dans un magnifique appartement gratuitement.

Comme Brandon approchait, la panique qu'elle s'efforçait de combattre depuis des heures revint à la charge. Comment devait-elle répondre à son offre de l'épouser ? Ses certitudes que leur mariage était voué à l'échec vacillaient depuis l'instant où il était apparu pour les secourir.

— Bonsoir, Lacey, la salua-t-il d'une voix profonde et sensuelle. J'avais demandé à Daryl de te prévenir que je rentrerais tard.

Lacey se mordit les lèvres. Il semblait de mauvaise humeur, mais elle ne pouvait pas lui en vouloir. Il était sans doute fatigué d'avoir dû gérer les retombées de l'article du *Drystar.* Il avait même été forcé d'organiser une conférence de presse, une véritable épreuve pour un homme qui avait toujours protégé sa vie privée.

— Il l'a fait, rétorqua-t-elle en plongeant son regard dans le sien, mais je tenais à te remercier. J'aimerais également discuter… de ce dont tu as parlé ce matin.

Daryl et l'autre assistant les saluèrent avant de se rendre dans les cottages réservés aux employés de l'autre côté du jardin, et Brandon ordonna au portier de verrouiller la porte.

— Prenons un verre, proposa-t-il en la prenant par le coude pour la guider dans l'imposante bibliothèque du rez-de-chaussée.

Traversant la pièce, il se dirigea vers un cabinet à liqueurs, allumant une petite lampe au passage, et le souffle de Lacey se bloqua dans sa gorge.

Brandon n'était pas seulement fatigué. Il semblait épuisé, les larges et sombres cernes s'étalant sous ses yeux lui donnant un air étrangement vulnérable.

— Tiens, dit-il en lui tendant un whisky.

Leurs doigts se frôlèrent, et Lacey réprima un frisson comme il l'observait avec attention avant de vider son verre d'un trait.

— Pourquoi voulais-tu me remercier ?

— D'être venu nous sauver ce matin, Ruby, Milly et moi et de nous avoir protégées de ce que tu as vécu aujourd'hui.

— Ruby est ma fille. Tu t'attendais vraiment à ce que je laisse ces vautours vous torturer ? rétorqua-t-il sèchement.

Son ton accusateur et amer la fit aussitôt culpabiliser.

— Je suis désolée de t'avoir sous-estimé.

— C'est pourtant ce que tu as fait, dit-il sans la quitter du regard.

Malgré elle, sa gorge se serra et elle faillit fondre en larmes. Elle était épuisée, tant physiquement qu'émotionnellement, et elle craignait de détruire cette fragile trêve qui n'était sans doute que passagère. Ils devaient pourtant apprendre à vivre ensemble.

— J'ai toujours l'intention de t'épouser, Lacey.

Sa détermination était terrifiante. Et dire qu'elle se croyait prête à avoir cette conversation avec lui !

Prenant une gorgée de whisky pour se donner du courage, elle déclara :

— Je sais que tu ne me fais pas assez confiance pour te laisser nouer une relation avec Ruby sans...

— Il ne s'agit pas uniquement de cela, la coupa-t-il en levant la main. Vous avez besoin de ma protection, Lacey, toutes les deux. Ce qui s'est passé aujourd'hui devrait t'avoir convaincue.

Et je ne peux pas vous protéger si je ne la reconnais pas de façon formelle comme ma fille. Le mariage est la seule solution.

Lacey ouvrit la bouche, mais la referma rapidement. Elle aurait pu lui rappeler que Ruby était sa fille même s'ils n'étaient pas mariés, et surtout, qu'elle était une enfant et non un objet lui appartenant, mais ses objections semblaient bien faibles comparées à l'émotion qu'elle avait ressentie en voyant Ruby dans ses bras et la façon dont elle s'était accrochée à lui quand ils avaient traversé la foule des reporters. Sa fille avait besoin de son père, et elle ne pouvait plus le nier.

— Il ne s'agit pas uniquement de Ruby, ajouta-t-il après un instant. Il s'agit également de nous.

Nous.

Ce simple petit mot résonna en elle telle une promesse... ou une menace.

— Que veux-tu dire ? parvint-elle à demander d'une voix posée.

Quoi que l'avenir lui réserve, elle ne pouvait pas se permettre de laisser la jeune fille naïve et romantique qu'elle était autrefois se leurrer de nouveau sur ses véritables intentions.

— Je vais avoir besoin de ton aide pour apprendre à connaître Ruby. Crois-le ou non, je n'ai pas la moindre idée de ce qu'être père veut dire.

Son aveu la bouleversa. Pourquoi n'avait-elle jamais envisagé qu'il puisse être aussi perturbé qu'elle par la situation ? Il avait beau se montrer impassible, il craignait lui aussi de commettre des erreurs.

— Le mariage est la meilleure façon pour nous d'apprendre à nous connaître. Je veux que Ruby me fasse confiance, et pour ça, il faut que toi aussi, tu me fasses confiance. Nous devons passer du temps ensemble.

— D'accord, dit-elle en prenant une autre gorgée d'alcool.

— Tu es d'accord pour m'épouser ? demanda-t-il, une étincelle s'allumant dans ses yeux.

— Je suis d'accord pour y réfléchir.

Brandon ne put retenir un sourire. Il avait longuement réfléchi à cette conversation, s'efforçant de trouver les meilleurs arguments pour la convaincre, et se préparant même à lui forcer la main si cela s'avérait nécessaire. Las, comme toujours, Lacey avait réussi à le surprendre presque autant que ce qu'il avait ressenti en tenant sa fille dans ses bras pour la première fois ce matin-là.

Découvrir Lacey et sa fille forcées de se terrer chez elles pour échapper aux journalistes, et sentir la terreur de Ruby et sa confiance aveugle en lui l'avaient transformé. La paternité qui lui semblait jusque-là un concept étranger lui avait soudain paru bien réelle.

— À quoi dois-tu réfléchir ? s'enquit-il en s'évertuant à la patience.

Ils avaient tous deux eu une longue journée, et Lacey semblait moins entêtée que la veille. Il valait peut-être mieux se montrer plus conciliant avec elle s'il tenait à arriver à ses fins. Il aurait dû s'en rendre compte plus tôt même si ce n'était pas facile. Lui qui se targuait d'être un génie dans l'art de la négociation semblait incapable du moindre compromis dès qu'il apercevait la lueur de défi brillant dans ses yeux.

Cette fois ne faisait pas exception à la règle, sans doute parce qu'il tenait absolument à l'épouser même s'il finirait sans aucun doute par se lasser d'elle. Il n'avait aucune expérience dans les relations à long terme et n'avait d'ailleurs jamais eu l'envie de s'y investir.

Lacey le fascinait, il en était ainsi depuis déjà cinq ans, mais quand le moment viendrait, ils divorceraient tout simplement. D'ici là, il aurait eu le temps de nouer une véritable relation avec sa fille.

— De quel genre de mariage parle-t-on ? demanda-t-elle, les joues rouges.

Brandon fronça les sourcils. Où voulait-elle en venir exactement ?

— D'un mariage tout à fait normal.

— Tu ne veux donc pas d'une union de convenance ?

Brandon éclata de rire et se détendit vraiment pour la première fois depuis près d'une semaine.

— Bien sûr que non. Pourquoi vouloir d'un mariage sans sexe ?

Incapable de résister plus longtemps, il lui caressa la joue. La jeune fille rencontrée cinq ans plus tôt existait-elle encore quelque part en elle ? Pourquoi la perspective de le découvrir lui semblait-elle aussi excitante ?

— Le sexe est la seule chose pour laquelle nous sommes doués. Pourquoi devrions-nous nous priver de ce plaisir alors que nous risquons de nous affronter sur de nombreux autres aspects de cette union ?

Cette idée n'était pas pour lui déplaire. Au contraire...

— Je n'ai pas l'intention de te forcer la main, précisa-t-il en laissant retomber son bras.

Parfois, il valait mieux se montrer patient et attendre que l'adversaire vienne de son propre gré.

— Ce sera à toi de décider.

Ce serait d'ailleurs bien plus amusant de la séduire...

— Je vois, se contenta-t-elle de dire, manquant lui arracher un sourire.

Lacey pouvait se montrer têtue, mais elle découvrirait bientôt qu'il était futile de combattre l'attirance qui les unissait.

— Laisse-moi te donner un petit aperçu, proposa-t-il en la prenant par le menton.

Il n'y avait pas de temps à perdre. Il voulait l'épouser et il la désirait, mais plus important encore, Lacey le désirait autant que lui. Le moment était venu qu'elle le reconnaisse enfin. Sans plus hésiter un instant, il l'embrassa.

Lacey ne chercha pas à le repousser, et il approfondit son baiser, explorant sa bouche de sa langue tout en la plaquant contre lui. Elle avait un goût de whisky à la fois sucré et incroyablement addictif.

Les mains de Lacey se posèrent sur son torse, s'accrochant à ses vêtements pour l'attirer à elle, et il grogna de plaisir.

À regret, il s'écarta sans la quitter du regard, notant avec satisfaction la rougeur s'étalant sur ses joues et l'étincelle de désir brûlant dans ses yeux.

— Épouse-moi, Lacey, lui demanda-t-il d'une voix rauque.

Elle se mordit les lèvres, et Brandon serra les poings. Elle ne pouvait pas refuser.

— Très bien, j'accepte de t'épouser, finit-elle par dire, mettant fin à son supplice, mais je veux que nous fassions chambre à part.

Sa joie se transforma rapidement en colère, et il retint un juron. Que lui arrivait-il ? Il n'avait jamais eu envie de partager sa chambre avec une femme, alors pourquoi était-il aussi déçu ?

— Si c'est ce que tu veux, rétorqua-t-il en s'efforçant de sourire. Je n'y vois pas d'inconvénient, mais je veux que le mariage ait lieu rapidement.

Il était hors de question de lui laisser l'occasion de changer d'avis.

— Entendu.

Tournant les talons, elle quitta la pièce, et Brandon ne chercha pas à la retenir.

Elle ne lui avait pas interdit d'explorer ce lien intense et irrésistible qui les liait...

10

Brandon retint un soupir en se rendant vers l'aile Est. Il n'avait pas fermé l'œil de la nuit tant il brûlait de désir après le baiser qu'ils avaient échangé la veille dans la bibliothèque. Lacey avait peut-être accepté de l'épouser, mais elle avait encore le pouvoir de s'opposer à lui.

Se passant la main dans les cheveux, il secoua la tête. Il était épuisé. La journée de la veille avait été un véritable enfer. Non seulement il avait été forcé de donner une conférence de presse, mais il était également de retour dans la demeure qui conservait tant de mauvais souvenirs.

Comme il passait devant la porte du bureau de son père, un frisson le saisit, exactement comme autrefois quand il n'était encore qu'un enfant. Être convoqué dans cette pièce n'était jamais une bonne nouvelle. Son père avait sans cesse de nouvelles demandes ou de nouvelles critiques à lui faire pour mieux lui démontrer qu'il n'était pas à la hauteur de son rôle d'héritier de l'empire Cade. Il ne lui avait jamais adressé la moindre félicitation et ne lui avait pas non plus témoigné le moindre signe d'affection.

Aujourd'hui encore, il évitait autant que possible le domaine car il lui rappelait ce petit garçon obéissant et peu sûr de lui qui craignait tant de décevoir son père qu'il n'avait jamais osé s'opposer à lui.

Chassant ce souvenir ridicule de son esprit, il accéléra le

pas et gagna enfin le long couloir menant aux chambres de Lacey et de Ruby.

Des éclats de rire lui parvinrent et son rythme cardiaque s'accéléra comme une vague de panique familière montait en lui. Fermant un instant les yeux, il s'efforça de se calmer. Ruby n'avait que quatre ans, il n'avait rien à craindre. Il n'allait pas non plus la traiter comme son père l'avait traité. Non, les choses seraient différentes.

Épouser Lacey lui permettrait de nouer facilement une relation avec sa fille. De plus, le gardien lui avait donné des idées pour occuper Ruby. Tout allait bien se passer... Alors pourquoi son bras lui sembla-t-il peser une tonne quand il frappa à la porte ?

Lacey ouvrit aussitôt, vêtue d'un pantalon de yoga soulignant ses courbes sensuelles et d'un haut fin qui moulait sa poitrine. Avec ses pieds nus, et son visage dépourvu du moindre maquillage, elle semblait sortir tout droit de son lit.

Malgré lui, une flèche ardente vint se ficher dans ses reins, et il retint un juron comme une autre émotion, plus difficile à identifier, s'éveillait dans sa poitrine. Que lui arrivait-il ? Et comment faisait-elle pour avoir un tel effet sur lui ?

— Brandon ? murmura-t-elle. Bonjour, nous ne t'attendions pas.

À ces mots, il fronça les sourcils. Il aurait peut-être dû la prévenir de sa visite afin qu'elle puisse préparer Ruby à son arrivée ?

Que devait-il faire ? Partir ? Rester ? Il n'avait pas la moindre idée de la façon dont il devait procéder.

— Pourquoi tu ne prendrais pas le petit déjeuner avec nous ? proposa Lacey, le tirant de ses pensées.

— Pourquoi pas, oui.

Comme Lacey s'effaçait pour le laisser entrer, une pensée s'imposa soudain à son esprit. Comment allait-elle le présenter à Ruby ? Elle ne pouvait pas lui annoncer de but en blanc qu'il était son père. C'était bien trop tôt, Ruby ne le connaissait pas, et la dernière chose qu'il voulait était de lui faire peur. Quel idiot ! Ils auraient dû en discuter la veille, mais il était trop préoccupé par son désir de l'embrasser pour penser au reste…

— Ruby, tu te souviens de Brandon ? demanda Lacey, lui facilitant de nouveau la tâche. Il t'a portée jusqu'à la voiture hier. Il est venu prendre son petit déjeuner avec nous.

Un peu de sa panique reflua en découvrant sa fille dans son pyjama décoré de dinosaures multicolores, installée à la table du petit déjeuner dans un coin de la pièce. La même émotion puissante et inconnue que la veille quand il l'avait prise dans ses bras le saisit. Ruby était si petite.

— Bonjour, Ruby, parvint-il à dire d'une voix rauque.

— Bonjour, monsieur Brandon, le salua-t-elle en l'observant avec attention.

Il retint une grimace. Il avait l'impression qu'elle s'adressait à son père à lui, qui avait toujours insisté pour qu'il l'appelle « monsieur ».

— Tu peux m'appeler Brandon, si tu préfères.

— D'accord, rétorqua-t-elle simplement.

Brandon était mal à l'aise. Comment était-il censé faire la conversation à une enfant de quatre ans ?

Heureusement, il se rappela des paroles du gardien quand il était allé courir un peu plus tôt. Il ne savait rien des enfants, mais il était prêt à tout, y compris à acheter son affection pour nouer des relations avec sa fille.

— J'ai pensé que nous pourrions aller au cottage du gardien. Sa chienne, Maisey, a eu des chiots il y a deux mois et il ne leur a pas encore trouvé de propriétaire.

Jetant un coup d'œil à Lacey, il nota qu'elle l'observait, une douce lueur brillant dans ses yeux.

— Si ta maman est d'accord, tu pourrais peut-être un choisir un ?

— Un petit chien ! s'exclama la fillette avec des étoiles dans les yeux. C'est vrai, maman ? Je peux avoir un chien ? demanda-t-elle d'une voix aiguë.

Elle était tellement excitée qu'elle semblait sur le point d'exploser de bonheur.

— Bien sûr que oui, c'est une excellente idée.

Ruby sauta de sa chaise et courut vers Brandon pour nouer les bras autour de sa jambe.

— Merci, merci, monsieur Brandon !

Elle avait déjà oublié ce qu'il lui avait demandé, mais ça n'avait aucune importance tant ses yeux verts brillaient de joie, une petite fossette étirant sa joue.

Brandon la contempla avec émotion, ignorant totalement comment réagir tandis que son cœur battait douloureusement dans sa poitrine, lui enjoignant de mettre tout en œuvre pour la protéger tant elle était innocente et vulnérable. Était-ce donc si facile de gagner sa confiance ?

— On peut y aller maintenant ?

Brandon faillit accepter aussitôt, mais Lacey intervint.

— Il faut d'abord que tu termines ton petit déjeuner, Ruby. Et tu dois aussi t'habiller. Tu ne peux pas aller choisir ton chiot en pyjama, n'est-ce pas ?

La fillette éclata de rire.

— Non, c'est vrai. Il va penser que je suis bizarre.

Loin d'être intimidée ou gênée par son manque d'expérience avec les enfants, elle lui lâcha la jambe pour lui tendre la main. Il la prit aussitôt, ses petits doigts se refermant sur les siens l'aidant à combattre l'anxiété qui lui serrait la gorge.

— Si c'est une fille, je vais l'appeler Clochette, annonça-t-elle en le tirant vers la table.

Elle continua à bavarder gaiement tandis que Lacey lui servait un café, et Brandon se contenta d'écouter en poussant de temps à autre une exclamation, ce qui semblait parfaitement lui convenir. Et pour la première fois de son existence, il ne chercha pas à reprendre le contrôle de la situation, se laissant porter par le courant.

Lacey referma la porte de la chambre dans laquelle Ruby faisait sa sieste après avoir passé la matinée à jouer avec son père et son nouveau Jack Russell, prénommée Clochette, et adressa un sourire à Brandon qui se tenait à ses côtés, les sourcils froncés.

— Elle est épuisante, murmura-t-il.

Il semblait tellement choqué qu'elle faillit éclater de rire, mais retrouva son sérieux quand ses yeux émeraude se posèrent sur elle.

Il s'était montré tellement patient avec Ruby, attentif et fasciné par tout ce qu'elle faisait ou disait. Il avait pourtant paru nerveux quand il s'était présenté à la porte de leur chambre quelques heures plus tôt. Et lorsque Ruby s'était jetée sur lui pour le remercier, il avait semblé complètement perdu. Son manque de confiance en lui l'avait d'ailleurs surprise. Jamais elle n'aurait imaginé que le puissant et impitoyable Brandon Cade puisse se montrer aussi vulnérable en sa présence.

Il fallait bien reconnaître que le chiot avait été une excellente idée... même s'il était peu probable qu'elle vienne de lui. Il était pratiquement impossible qu'un homme ayant admis son manque d'expérience avec les enfants ait trouvé le chemin vers le cœur d'une petite fille aussi facilement.

— Elle est excitée, le corrigea-t-elle.

— Elle aime vraiment ce chiot. Je ne m'attendais pas à ce qu'elle puisse en parler pendant plus de quatre heures.

Lacey rit doucement, charmée par sa façon de parler de leur fille. C'était si agréable de pouvoir discuter de Ruby avec lui.

— Oui, elle adore Clochette. Elle t'aime bien aussi.

Une expression de surprise passa sur son visage.

— J'en suis heureux, dit-il en glissant les mains dans ses poches. Je... je ne veux pas qu'elle ait peur de moi.

— Ce n'est pas le cas.

Pourquoi craignait-il que Ruby ait peur de lui alors qu'il avait été merveilleux avec elle, répondant à ses questions et écoutant ses nombreux commentaires sur son nouveau chiot ? Il l'avait même portée sur le chemin du retour avec une aisance qui l'avait à la fois étonnée et rassurée. Ruby s'était rapidement endormie dans ses bras, prouvant qu'elle lui faisait confiance.

— Je suis certain que c'est à cause du chiot.

— Ce n'est pas l'unique raison, rétorqua-t-elle, bien décidée à le rassurer. Comment as-tu eu cette idée ?

Brandon haussa les épaules, mais Lacey n'était pas dupe. Il était tendu. Il ne lui répondit d'ailleurs pas tout de suite, tournant la tête pour observer les jardins parfaitement entretenus illuminés par les rayons du soleil.

Curieuse, Lacey s'évertua néanmoins à la patience. Son instinct lui soufflait que Brandon cherchait à décider s'il devait ou non s'ouvrir à elle. Elle ne pouvait pas le brusquer même si elle mourait d'envie de connaître la vérité qui lui donnerait sans doute une nouvelle clé pour comprendre l'enfant qu'il avait été.

Enfin, il plongea ses yeux dans les siens, et l'émotion qui y brillait lui coupa le souffle.

— Clochette est une descendante du chiot que je possédais quand j'étais enfant.

Son regard se fit soudain plus dur comme s'il était en colère, mais ce n'était sans doute que sa façon de masquer sa douleur.

— J'adorais ce Jack Russell. Il était mon meilleur ami, mon seul ami, se corrigea-t-il d'une voix monotone. J'ai grandi dans cette maison. Ce sont les employés qui m'ont élevé. Mon père ne venait pas souvent, mais lors de l'une de ses rares visites, il m'a vu jouer avec mon chiot. Le gardien en chef, le père de John, précisa-t-il – mentionnant l'homme qu'ils avaient rencontré un peu plus tôt –, me l'avait offert pour mon cinquième anniversaire, deux mois plus tôt. Mon père m'a appelé dans son bureau. J'étais tellement content, avoua-t-il avec un sourire amer. Je pensais qu'il allait m'offrir un cadeau d'anniversaire alors qu'il ne m'en avait jamais donné… Enfin, je suis allé dans son bureau et il m'a annoncé qu'il allait m'envoyer au pensionnat et que mon chiot serait confié à l'adoption parce que les employés ne pouvaient pas s'occuper de lui en mon absence.

Lacey ne put retenir une grimace.

— Comment a-t-il pu se montrer aussi cruel ? s'enquit-elle choquée par la décision d'un père d'envoyer son enfant de cinq ans en pensionnat, et par l'absence d'émotion de Brandon.

Celui-ci haussa les épaules comme si cet incident n'avait pas eu la moindre importance.

— Il voulait m'endurcir.

— À t'entendre, ton père était un vrai crétin, déclara-t-elle, furieuse.

Était-ce à cause de lui que Brandon s'efforçait toujours de maîtriser ses émotions ?

— Il l'était, mais il faut reconnaître que ça a marché.

— Vraiment ?

Contrairement à lui, elle ne s'était pas retrouvée seule quand son père l'avait rejetée. Elle avait pu compter sur Milly. Brandon, lui, était seul.

Incapable de se retenir, elle lui caressa la joue.

— Arrête, ordonna-t-il en s'écartant. Je ne suis pas un petit garçon solitaire en mal d'amour, Lacey. Ne l'oublie pas.

Elle laissa retomber sa main, déçue. La porte menant à son cœur, qu'elle pensait avoir réussi à entrouvrir, venait de se refermer d'un coup.

— Je ne suis plus cet enfant vulnérable et pathétique, poursuivit-il d'un ton sec. À présent, je considère la solitude comme une force.

Lacey tressaillit. C'était un avertissement de ne pas s'imaginer que l'affection et la tendresse qu'il témoignait envers Ruby pourraient un jour lui être également réservées.

Las, elle ne pouvait pas s'empêcher de songer à ce petit garçon, abandonné par un père qui aurait dû l'aimer et le protéger, et à l'homme qu'il était devenu et qui s'était évertué à créer un lien avec un enfant dont il ignorait l'existence une semaine plus tôt.

Brandon ne voulait pas de sa compassion, mais il était déjà trop tard pour cela. Elle était présente dans son cœur, au côté de l'admiration qu'elle éprouvait également pour lui, car s'il voyait dans la solitude une force, c'était loin d'être son cas. Au contraire...

— As-tu déjà parlé du mariage avec Ruby ?

— Non.

Surprise par le changement radical de sujet, elle ne put que lui donner une réponse brève.

— Je me suis dit que...

Elle s'interrompit un instant pour reprendre le contrôle de ses émotions. Ce n'était pas le moment de se laisser distraire par les sentiments contradictoires qu'il éveillait en elle. Non, vraiment, elle devait se montrer prudente.

— Je me suis dit qu'on pourrait lui en parler ensemble ?

— Ça ne va pas être possible, répondit-il en fronçant les sourcils, à moins que tu sois prête à attendre deux semaines. Je dois me rendre aux États-Unis cet après-midi. L'accord avec Atlanta est tombé à l'eau, il faut que je trouve un autre partenaire, expliqua-t-il en se passant la main dans les cheveux. Je ne serai pas de retour avant le mariage.

— Oh ! je vois, commenta-t-elle, déçue.

Malgré les tensions qui régnaient entre eux, il allait lui manquer. Ses confidences sur son enfance ainsi que les instants qu'il avait passés avec Ruby lui avaient donné un aperçu de l'homme qui se cachait derrière le masque d'impassibilité qu'il arborait en permanence.

Il ne souhaitait pas qu'elle en sache plus sur cet homme. Il avait été très clair là-dessus, mais il n'en était pas moins son futur mari. Elle avait besoin d'en apprendre le plus possible sur lui avant le mariage, qu'il le veuille ou non.

— Au fait, mon équipe de relations publiques a proposé que nous partions en lune de miel. Une semaine sur mon île privée dans les Bermudes devrait convaincre les médias que ce mariage n'est pas une stratégie médiatique, poursuivit-il en étudiant son visage avec attention. On pourrait même emmener Ruby avec nous, si tu veux ?

Lacey se mordit les lèvres. Il lui offrait une porte de sortie, l'occasion d'utiliser Ruby comme excuse pour maintenir une certaine distance entre eux. Et s'il semblait sincère, la lueur brillant dans ses yeux la mettait au défi d'accepter son offre et de se comporter en lâche.

S'ils partaient seuls, elle ne pourrait plus ignorer ce lien intense et puissant qui les liait, cette alchimie qui transformait la moindre interaction en un échange brûlant qui les mettait tous les deux au supplice.

Une semaine dans ce paradis lui permettrait de déterminer si ce mariage avait une chance de réussir ou s'il était irrémédiablement voué à l'échec. C'était une occasion en or qu'elle ne pouvait pas laisser passer… même si elle était terrifiée.

— Ruby a déjà vécu de nombreux changements ces derniers jours. Je ne veux pas la perturber davantage, et je suis certaine qu'elle refusera de quitter Clochette aussi longtemps, continua-t-elle en secouant la tête. Milly pourra s'occuper d'elle.

Celle-ci était censée les rejoindre à la fin de la semaine. L'école où elle travaillait avait elle aussi été assiégée par la presse, la forçant à venir se réfugier dans le Wiltshire pendant quelque temps.

— Très bien, je m'occupe des préparatifs, déclara-t-il en lui adressant un regard torride.

Vérifiant sa montre, il poursuivit :

— Il faut que j'y aille. Dis au revoir à Ruby pour moi. On pourrait lui parler du mariage par appel vidéo ?

Sa proposition la surprit, mais la ravit également. Elle prouvait qu'il prenait confiance en lui dans son nouveau rôle de père.

— C'est une bonne idée.

Comme il s'éloignait, son cœur se serra douloureusement.

La perspective de ne pas pouvoir le voir en personne durant les deux prochaines semaines lui paraissait presque insurmontable.

Il s'arrêta soudain et se tourna vers elle.

— Au fait, Lacey, commença-t-il, ses yeux remontant lentement sur son corps, tu devrais investir dans un contraceptif plus fiable que les préservatifs pour notre lune de miel.

Sans lui laisser le temps de réagir, il traversa le couloir, la laissant tremblante de désir, d'excitation et de peur.

Une fois encore, il avait réussi à avoir le dernier mot.

11

Trois semaines plus tard

— Ruby, il est l'heure d'aller au lit.

— Je suis trop contente pour dormir, maman, rétorqua la fillette en bâillant. Clochette était vraiment une bonne demoiselle d'honneur. Elle n'a même pas fait pipi sur ta robe.

Elle gloussa avant de reporter son attention sur Brandon.

— C'est vrai, n'est-ce pas, monsieur Brandon ? l'interrogea-t-elle en lui adressant un sourire fatigué.

Mal à l'aise, Lacey n'osa pas se retourner. Ils avaient à peine eu l'occasion de discuter depuis la cérémonie cinq heures plus tôt. Ils s'étaient tenus ensemble – Lacey dans sa robe de dentelle et de soie, Brandon dans son costume hors de prix, et Ruby accompagnée du chiot, qu'elle avait insisté pour emmener – devant les quelque cinq cents invités triés sur le volet venus assister au mariage du siècle.

Elle avait d'ailleurs toujours du mal à réaliser qu'ils étaient mariés tant elle avait l'impression de vivre un rêve éveillé depuis qu'elle avait découvert Brandon l'attendant devant l'autel, ses yeux verts brillant comme des pierres précieuses.

Elle était épuisée, et à présent, elle devait dire au revoir à sa fille pour partir en lune de miel avec son mari ! Comment avait-elle pu épouser un homme qu'elle connaissait à peine et qui vivait dans un monde si différent du sien ? Ils n'avaient pratiquement rien en commun... mis à part Ruby.

— Clochette a été une excellente demoiselle d'honneur, affirma Brandon en posant la main sur l'épaule de Lacey, sans doute pour offrir l'image d'un couple aimant à leur fille. Mais tu as été encore meilleure, Ruby. Je suis très fier de toi.

À ces mots, les yeux de la fillette s'illuminèrent et un grand sourire étira ses lèvres.

Las, elle reprit son sérieux et ouvrit la bouche à plusieurs reprises comme si elle hésitait à parler.

— Tu es mon papa, maintenant ? finit-elle par demander.

La gorge de Lacey se serra. Brandon les avait régulièrement contactées par appel vidéo durant son séjour aux États-Unis, mais ils n'avaient pas une seule fois abordé le sujet. C'était la décision de Brandon, et Lacey s'était efforcée de la respecter. Il avait le droit de décider quand et comment il voulait annoncer à Ruby qu'il était son père.

— Oui, Ruby, je suis ton papa, répondit-il d'une voix lourde d'émotions. Si tu veux, tu peux m'appeler papa au lieu de M. Brandon.

— C'est vrai ? s'enquit-elle, l'innocence de sa question manquant lui briser le cœur.

— Oui, et j'aimerais beaucoup que tu le fasses.

Ruby lui adressa un sourire fatigué.

— Latisha a dit que je n'avais pas de papa et que c'était triste, expliqua-t-elle en mentionnant l'une de ses amies qu'ils avaient invitée au mariage. Mais maintenant, j'en ai un.

Lacey se sentit aussitôt coupable. Ruby n'avait jamais parlé du fait qu'elle n'avait pas de père jusqu'à présent.

Inconscient de son trouble, Brandon se pencha pour déposer un baiser sur le front de la fillette, le regard brillant de tendresse.

— Ton papa dit qu'il est l'heure d'aller au lit.

— D'accord, papa.

De toute évidence, elle avait l'intention de prononcer ce mot aussi souvent que possible à l'avenir.

— Papa et moi te contacterons par vidéo tous les jours, dit-elle en forçant un sourire. Et Milly sera là pour prendre soin de toi, d'accord, Ruby ?

Elle acquiesça en bâillant de nouveau.

— Milly a dit qu'on pourrait jouer avec Clochette demain. Bonne nuit, maman, bonne nuit, papa, ajouta-t-elle avant de sombrer aussitôt dans le sommeil

Lacey lui caressa les cheveux avant de se redresser pour découvrir Brandon qui l'observait avec attention.

Il s'était débarrassé de sa veste et de sa cravate, et avec sa chemise blanche déboutonnée et le début de barbe couvrant son menton, il paraissait encore plus séduisant que d'ordinaire... et incroyablement dangereux. S'il avait l'air parfaitement détendu, son instinct lui soufflait que ce n'était qu'une façade. Il ressemblait à un fauve prêt à bondir sur sa proie.

Nerveuse, Lacey ouvrit la bouche, mais fut incapable de prononcer une parole. Elle avait pourtant tant de choses à lui dire, mais, avant tout, elle devait lui présenter des excuses pour l'avoir privé des quatre premières années de sa fille. Elle l'avait déjà fait, plusieurs fois même, mais ce n'était pas suffisant.

Las, avant qu'elle ait le temps d'organiser ses pensées, Brandon brisa le silence.

— Tu as vingt minutes pour te changer et dire au revoir à ta sœur. On se retrouve à l'héliport.

Il parlait d'un ton détaché que démentait la lueur de désir brûlant dans ses yeux.

Malgré elle, Lacey retint un frisson. Les barrières qu'il avait baissées durant la journée pour convaincre la presse, leurs amis et leur fille de la sincérité de ses sentiments étaient de nouveau bien en place.

S'efforçant de combattre sa déception, elle se mordit les lèvres. Il était inutile d'avoir peur. Brandon n'avait rien de commun avec son père, il n'allait pas l'abandonner. Il avait sans doute encore du mal à lui faire confiance, voilà tout. Oui, il y avait encore de l'espoir, elle en était convaincue. Il suffisait de le voir avec Ruby pour s'en convaincre. Il y avait également la façon dont il l'avait dévorée du regard durant la cérémonie et la réception…

Elle avait commis une erreur cinq ans plus tôt, mais leur lune de miel était une occasion inespérée de tourner la page. Et elle avait bien l'intention d'en profiter.

Vingt minutes plus tard, Brandon se tenait sur les marches de l'hélicoptère comme sa nouvelle épouse traversait la pelouse pour le rejoindre.

Vêtue d'un jean, d'un simple T-shirt et d'une veste, elle n'en était pas moins séduisante que lorsqu'il l'avait découverte marchant vers lui dans l'allée de la petite chapelle du domaine. Sa sœur et leur fille la suivaient, dans des robes assorties, et l'ensemble de l'assemblée avait été charmée par le spectacle de la fillette tentant de faire avancer sa petite chienne. De nombreuses exclamations avaient fusé tandis qu'il s'était efforcé de calmer les battements désordonnés de son cœur. En vain. Il ne s'était pas apaisé de la journée, et il était sur le point de perdre définitivement le contrôle de ses émotions.

Reportant son attention sur Lacey, il nota que sa sœur était avec elle.

Les deux femmes s'enlacèrent, et Milly lui adressa un signe de la main avant de regagner la maison et la fête qui battait toujours son plein grâce au célèbre DJ qu'il avait engagé.

Baissant la tête, Lacey poursuivit sa marche tout en tenant fermement le petit sac à dos glissé à son épaule. Le reste de ses bagages était déjà chargé dans l'appareil.

Elle semblait nerveuse, ce qui n'avait rien d'étonnant. Elle l'avait d'ailleurs été tout au long de la journée, et surtout quand il avait soulevé son voile pour découvrir son regard brillant d'émotions et de détermination.

La cérémonie n'était censée être qu'une formalité pour protéger Ruby en lui donnant son nom et sa fortune même si sa réputation était au plus bas après le scandale de ces trois dernières semaines et l'annonce de l'existence de son enfant caché. La situation finirait sans aucun doute par se calmer, mais il n'était pas certain de pouvoir en dire autant en ce qui le concernait. Ce mariage lui semblait bien réel... et même un peu trop.

Quoi qu'elle fasse ou dise, il ne pourrait jamais offrir son cœur à Lacey. Il refusait même de l'envisager, car son besoin d'amour l'avait rendu faible autrefois. Et il était hors de question de commettre de nouveau une telle erreur.

Pourtant, comme elle se rapprochait, il se rappela soudain l'incroyable émotion qui l'avait saisi quand sa fille l'avait appelé « papa » pour la première fois. Il n'aurait jamais pu envisager qu'un simple mot puisse avoir un pouvoir aussi dévastateur, et pourtant... Il avait un cœur, qu'il le veuille ou non. Et sa détermination féroce à la protéger ainsi que sa fierté d'être devenu son père prouvaient qu'il aimait Ruby, à sa façon bien sûr.

Cependant, si aimer sa fille était une chose, aimer sa mère en était une tout autre. Il ne pouvait pas l'oublier. Son amour pour Ruby ne comportait aucun risque contrairement à celui qu'il se refusait d'éprouver pour sa mère. C'était une limite à ne pas franchir.

Lacey le rejoignit enfin, et une vague de désir monta en lui comme elle croisait son regard. Loin de chercher à le combattre, cette fois, il l'accueillit avec reconnaissance. Ce qui les unissait n'était pas de l'amour, ce n'était qu'une attirance purement sexuelle.

Le pilote alluma le moteur, et le bruit des pales rendit aussitôt toute conversation impossible, ce qui ne l'empêcha pas de lui prendre le menton pour l'embrasser avec fougue, explorant sa bouche de sa langue et se délectant de sa chaleur.

Peu importait qu'il n'y ait pas d'amour entre eux. Il la désirait et Lacey lui appartenait à présent de la seule façon qui comptait vraiment.

Elle posa les mains sur son torse, mais il s'écarta, bien décidé à conserver le peu de contrôle qui lui restait.

Durant les trois dernières semaines, il l'avait désirée avec une telle intensité qu'il avait failli devenir fou chaque fois que son visage apparaissait sur l'écran de son ordinateur. Elle hantait ses rêves et laissait son corps à l'agonie quand il se réveillait.

La journée qui venait de s'écouler avait d'ailleurs été un véritable supplice tant il lui coûtait de se tenir à ses côtés sans pouvoir la toucher, l'embrasser et la caresser comme il en avait tant rêvé. Mais tout cela n'était rien en comparaison de ce qu'il ressentait quand il la voyait avec Ruby, sa fille, leur fille…

Lacey avait joué à merveille le rôle de la jeune mariée même si leur union n'était qu'un stratagème destiné à protéger Ruby. Le désir qui brillait dans ses yeux chaque fois que leurs regards se croisaient était lui, bien réel, et il avait l'intention d'en profiter.

Sans un mot, il la guida vers l'hélicoptère, notant avec satisfaction que ses mains tremblaient comme elle refermait sa ceinture de sécurité.

Heureusement qu'elle avait accepté de partir en lune de miel avec lui. S'il adorait véritablement Ruby et aimait découvrir les différentes facettes de son caractère, il avait besoin d'assouvir la faim qui le tenaillait depuis des semaines sous peine de devenir fou. Et il ne pouvait pas se permettre de laisser ses besoins physiques se mettre en travers de ses véritables objectifs.

Ses sentiments pour Lacey étaient bien plus complexes qu'ils n'auraient dû l'être. Il s'était d'ailleurs confié à elle, lui parlant de son passé et de son enfance difficile alors qu'il veillait toujours à garder une certaine distance avec les femmes qu'il fréquentait. Il ne pouvait pas se permettre de s'ouvrir davantage à elle sous peine de lui donner le pouvoir de le blesser ou pire encore.

Comme l'hélicoptère décollait, les effluves de son parfum – un mélange de savon aux agrumes et de rose – l'enveloppèrent, le ramenant brutalement aux instants qu'ils avaient partagés cinq ans plus tôt.

Une vague de désir plus puissante que la précédente monta en lui, et il tourna la tête dans l'espoir d'y échapper.

Les lumières de sa demeure étincelèrent dans la nuit comme plusieurs invités sortaient dans le jardin pour adresser des signes de la main à l'appareil qui s'éloignait.

Fermant les yeux, Brandon s'évertua à la patience. Il ne consommerait pas son mariage ce soir. Ils avaient huit heures de trajet en avion depuis Heathrow et encore deux heures de bateau pour atteindre l'île.

Il s'était également arrangé pour qu'ils aient chacun leur propre bungalow comme il l'avait promis. Il aurait ainsi assez de temps pour reprendre le contrôle de ses émotions et du désir intense qu'elle lui inspirait. Et quand il lui ferait enfin l'amour, ce serait selon ses termes.

12

Réveillée par la lumière filtrant à travers les volets du bungalow, Lacey ouvrit les yeux et bâilla. Il lui fallut plusieurs minutes pour se souvenir qu'elle se trouvait sur une île des Bermudes.

Comme elle se redressait, elle songea au voyage en jet privé suivi du trajet en yacht depuis l'île Ireland et aux rangées de petites maisons colorées situées sur la route entre l'aéroport et le port. Ils avaient atteint leur destination peu après l'aube, et elle avait eu la chance de voir le soleil se lever sur l'océan qui avait pris des teintes dorées à couper le souffle.

Quelques heures plus tard, ils s'étaient amarrés à un ponton en bois donnant sur une magnifique plage de sable blanc et sur une bâtisse imposante pourvue d'une salle de sport dernier cri, d'un restaurant et d'une énorme piscine flanquée de merveilleux bungalows.

Brandon ne lui avait pratiquement pas adressé la parole durant le voyage. Il n'avait pas non plus cherché à la toucher après l'avoir embrassée peu avant leur départ du Wiltshire.

Ce baiser lui avait donné l'impression d'être marquée au fer rouge comme s'il cherchait à prouver qu'elle lui appartenait. Pourtant, quelques heures plus tard, elle n'était plus qu'un jouet abandonné ou dépassé avec lequel Brandon n'avait pas envie de jouer… pour l'instant.

Sa peau se mit à la picoter et elle fronça les sourcils. Pourquoi l'avait-il ignorée ainsi ? Était-ce pour lui faire comprendre qu'il ne s'intéressait à elle que dans un seul but ? Ou était-ce une forme de punition ? S'attendait-il vraiment à ce qu'elle passe le restant de ses jours à essayer de se faire pardonner les mauvaises décisions prises quand elle n'avait que dix-neuf ans ?

Il fallait bien le reconnaître, elle avait commis une erreur. Elle l'avait sous-estimé et ne l'avait pas cru capable d'être un meilleur père que celui qui l'avait abandonnée lâchement. À l'époque, elle était à la fois trop jeune et bien trop effrayée pour prendre une décision réfléchie. Elle ne songeait qu'à protéger son enfant.

Brandon lui reprocherait peut-être toujours son erreur, mais elle devait se pardonner, sans quoi elle redeviendrait cette jeune fille craintive qui s'en voulait de n'avoir pas su gagner l'amour de son père. Ils n'avaient pas le choix : il fallait tourner la page.

Brandon devrait trouver le moyen de dépasser sa colère et de lui faire confiance. Il ne pouvait pas lui en vouloir indéfiniment. Ce n'était bon ni pour elle, ni pour Ruby, ni même pour lui. Ce n'était pas non plus une base saine pour débuter leur vie commune. À supposer qu'ils aient véritablement un avenir ensemble, bien entendu…

À cette idée, sa gorge se serra, et elle inspira profondément pour se calmer.

Brandon ne voyait en ce mariage qu'un moyen d'arriver à ses fins. Il avait été très clair à ce sujet et il n'avait pas cherché à la forcer à l'accompagner en lune de miel. Non, c'était elle qui avait décidé de passer la semaine seule, en tête à tête avec lui, afin de déterminer s'ils avaient un avenir ensemble et surtout si ce mariage pouvait devenir plus qu'un stratagème pour protéger leur fille.

Pour autant, elle n'avait pas l'intention de suivre aveuglément ses ordres. Elle avait déjà fait de nombreuses concessions en le laissant organiser une cérémonie somptueuse. Tout le processus – les discussions avec un traiteur en vogue, les fleuristes et les décorateurs – lui avait pourtant donné l'impression d'être une actrice jouant un rôle et non une future mariée.

Était-ce ce que Brandon avait voulu ? Cherchait-il à lui faire comprendre qu'elle n'avait aucune place dans sa vie sinon celle qu'il avait décidé de lui octroyer ? Si c'était le cas, il allait être déçu.

Repoussant l'édredon, elle se leva, emplie d'une énergie nouvelle. Elle ignorait où était Brandon, mais elle n'avait pas l'intention de partir à sa recherche comme un chiot ayant besoin d'attention.

Ouvrant un tiroir, elle fouilla parmi les nombreuses tenues sélectionnées par une styliste renommée. Apparemment, elle n'était pas capable de s'habiller seule, maintenant qu'elle était devenue la femme de Brandon Cade...

Après avoir enfilé un minuscule bikini, une tunique en lin et une paire de sandales, elle glissa une bouteille d'eau, de la crème solaire et une lotion antimoustique dans son sac à dos avant de se mettre en route.

Son souffle se bloqua aussitôt dans sa gorge en découvrant l'océan turquoise étincelant sous les rayons du soleil – le récif corallien bien visible à travers l'eau translucide. Une douce brise soufflant à travers les palmiers vint rafraîchir sa peau, lui rappelant les délicieux frissons la saisissant chaque fois que Brandon la regardait.

Un plongeon dans l'eau fraîche était exactement ce dont elle avait besoin pour se calmer et reprendre le contrôle dans ses relations avec son autoritaire de mari. Il n'avait peut-être pas l'intention de considérer leur union comme un véritable mariage, mais elle n'allait pas en faire autant. Peu importe ce qu'il pensait. Et s'il croyait s'être trouvé une épouse obéissante, il allait découvrir que Lacey Carstairs, non, Lacey Cade n'était pas du genre à se laisser marcher sur les pieds.

— Où est ma femme ? demanda Brandon en arrêtant le concierge.

— Je suis navré, monsieur Cade, mais je l'ignore. Elle est peut-être à la villa ?

— Non, elle n'y est pas, répondit-il d'un ton froid.

Il s'était montré assez patient, le moment était venu de cesser leur petit jeu.

Contrairement à elle, il avait préféré aller courir sur la plage au lieu de faire une sieste pour récupérer du décalage horaire. Il avait ensuite passé une heure à faire de la musculation à la salle de sport pour se changer les idées, en vain. Le désir brûlant dans ses veines depuis le baiser qu'ils avaient échangé était devenu explosif, menaçant de le rendre fou.

Après avoir pris une douche, il avait donc décidé de retrouver son épouse, qui le désirait autant qu'il la désirait afin d'apaiser enfin ce feu intense couvant en lui. Mais elle n'était pas là !

— Ah, je viens de me souvenir que le personnel d'entretien m'a informé qu'elle était absente quand ils ont nettoyé sa villa il y a une heure.

— Une heure ? répéta-t-il, sa frustration se transformant en inquiétude.

— Elle a paru très intéressée par les chutes Jewel quand j'en ai parlé hier. Je lui ai indiqué comment s'y rendre. Elle a peut-être décidé de...

— Envoyez une équipe vérifier la côte, le coupa Brandon, sa panique refluant légèrement.

Elle avait sans doute choisi de passer par l'intérieur de l'île, mais il y avait de nombreuses criques creusées dans la roche qui pouvaient se révéler dangereuses pour les visiteurs imprudents à marée haute.

Quant aux falaises, elles étaient à plus de huit kilomètres de là. Lacey n'était sans doute pas allée si loin, mais il valait mieux ne prendre aucun risque.

— Très bien, monsieur. Voulez-vous que j'envoie une équipe de recherche aux chutes ?

— Non, je m'en occupe.

Si elle s'y était effectivement rendue, c'était l'endroit idéal pour lui faire comprendre son erreur : celle de ne pas avoir averti les employés ou son mari de son départ.

Ensuite, il n'aurait plus qu'à lui montrer ce qu'il attendait d'elle à l'avenir. Et il n'avait pas besoin d'un public pour cela.

Lacey poussa un soupir comme l'eau fraîche venant d'une fissure dans la roche apaisait sa peau rougie par la chaleur et l'effort physique.

Elle avait profité de la balade pour observer l'incroyable faune et flore de l'île, mais le spectacle de l'eau cristalline cascadant depuis les roches couvertes de mousses, formées par une éruption volcanique des millions d'années plus tôt, lui avait coupé le souffle.

Elle avait parcouru le guide fourni à la villa relatant l'histoire de l'île, mais rien n'aurait pu la préparer à cette vision enchanteresse et à la petite piscine naturelle enclavée dans un bosquet d'hibiscus et de lauriers-roses. Elle avait l'impression d'être au paradis.

Penchant la tête en arrière, elle gémit de plaisir sous le jet d'eau et s'en écarta, à regret. Aussitôt, un frisson la saisit et elle tourna la tête pour découvrir Brandon qui l'observait avec attention.

Vêtu d'un pantalon de coton large, il portait une chemise ouverte dévoilant son torse musclé qui lui donnait l'air dangereux et incroyablement sexy.

Sous le poids de son regard, une brûlure familière naquit dans son ventre et de la lave en fusion sembla soudain couler dans ses veines. Depuis combien de temps la contemplait-il ainsi ?

D'un mouvement sec de la main, il lui intima de le rejoindre, et un frisson de désir mêlé d'irritation la saisit.

Écartant les cheveux de son visage, elle prit un instant pour réfléchir à la situation. Bien entendu, elle était libre de ne pas lui obéir, et de le laisser la traiter comme un jouet avec lequel il avait enfin décidé de s'amuser…, mais elle n'en avait pas vraiment envie. Une part d'elle brûlait de répondre à sa demande parce qu'elle ne se sentait jamais aussi vivante que dans ses bras. Se refuser à lui impliquait d'ignorer la morsure du désir dévorant son corps, et elle en était incapable. Pour autant, elle n'était pas prête à se rendre sans combattre.

Brandon était le plus expérimenté d'entre eux, et il était évident qu'il aimait prendre le contrôle de leurs échanges, quelle qu'en soit la nature. Il agissait sans doute ainsi pour conserver le contrôle de ses émotions, mais si elle se montrait assez audacieuse et courageuse, elle réussirait peut-être à lui dérober une partie de ce pouvoir.

Relevant légèrement la tête, elle traversa la piscine naturelle et s'arrêta à quelques mètres de lui.

Avisant son érection bien visible sous son pantalon, elle retint un sourire et s'abstint de croiser les bras sur ses mamelons durcis par le désir.

Ses yeux émeraude descendirent lentement sur son corps, semblant en tracer chaque courbe avant de revenir sur son visage.

— Enlève-le, ordonna-t-il en indiquant son haut de bikini.

Choquée par son ton arrogant, elle retint son souffle comme un éclair de plaisir lui traversait pourtant le corps. Leur mariage n'était certes qu'un stratagème médiatique, et le désir qui les unissait n'était sûrement que passager, mais il était aussi présent et réel que les sentiments qu'elle commençait à éprouver pour lui, et qu'il pourrait peut-être un jour éprouver en retour.

Sans le quitter des yeux, elle se força à afficher un sourire assuré et défit le nœud de son bikini qui glissa sur sa poitrine dévoilant ses seins lourds de désir.

Le regard de Brandon se fit plus intense et il serra les poings comme pour mieux se retenir de la toucher, comme s'il craignait de perdre son sang-froid.

— Enlève le reste. Je veux voir ma femme entièrement nue.

Lacey tressaillit aussitôt. Sa façon de dire « ma femme » était à la fois provocante et incroyablement érotique.

Elle refusa néanmoins de se laisser intimider par la force de son désir ou le sien. Brandon avait été son seul amant. Il était le seul homme avec qui elle avait fait l'amour, le seul à l'avoir vue entièrement nue. Elle n'avait aucune raison de se sentir mal à l'aise ou d'avoir honte des marques argentées laissées par sa grossesse. Ses seins n'étaient peut-être plus aussi fermes qu'autrefois, et ses hanches plus aussi étroites, mais elle était fière de ce corps qui avait donné naissance à leur enfant.

Malheureusement, c'était la première fois qu'elle réalisait un strip-tease en pleine nature pour son amant, et ses gestes étaient loin d'être aussi assurés qu'elle l'aurait voulu. Ses mains tremblaient d'ailleurs légèrement comme elle achevait d'ôter sa culotte pour la laisser tomber sur la rive.

Croisant les bras, elle releva le menton en un geste de défi et attendit que Brandon lui donne un autre ordre. Las, il se contenta de l'étudier avec attention, la lueur de désir brûlant dans ses yeux laissant des sillons incandescents sur sa peau.

— À ton tour, dit-elle, incapable de supporter son silence plus longtemps. Je veux moi aussi voir mon mari nu.

Elle est si belle...

Brandon retint un sourire, son attention entièrement focalisée sur la vision de ses courbes enchanteresses comme le besoin de la toucher, de la goûter et de la caresser se faisait de plus en plus fort depuis qu'il l'avait découverte vêtue de ce minuscule bikini rouge.

Lui ordonner de se déshabiller était censé lui rappeler qu'elle était à présent à sa merci, mais il n'avait pas prévu qu'elle accepterait aussi facilement. Loin de s'offusquer de son arrogance ou de son ton autoritaire, elle s'était exécutée, une lueur de défi s'allumant dans ses yeux.

La vision de ses tétons rougis par l'eau froide, des légers

tremblements de sa poitrine et surtout celle de son sexe moite et chaud avait manqué le rendre fou.

— Touché, murmura-t-il en ôtant sa chemise.

Déboutonnant son pantalon, il le laissa tomber dans le sable, révélant un slip de bain qui pouvait à peine contenir son érection.

Les yeux de Lacey se posèrent aussitôt sur son entre-jambe, et une vague de désir le balaya, le poussant à l'attirer à lui. Il ne pouvait plus attendre.

Posant les lèvres dans son cou, il traça un sillon de baisers brûlants, lui arrachant un soupir de plaisir comme il explorait son corps de ses mains, appréciant la fermeté de ses fesses et de ses seins.

La soulevant dans ses bras, il l'amena jusqu'à la berge, et l'embrassa avec ardeur. Il rêvait de s'enfouir en elle, de la faire enfin sienne...

Las, avant qu'il ait le temps de faire un geste, elle posa la main sur son membre en érection, le mettant au supplice.

— Tu n'es pas nu, dit-elle d'un ton accusateur que démentait la rougeur s'étalant sur ses joues.

— Parce que je suis sur le point de devenir fou, avoua-t-il en lui prenant le poignet.

Une lueur de triomphe passa dans ses yeux comme il portait sa main à ses lèvres pour l'empêcher de remporter définitivement cette bataille. Il n'allait plus tenir très longtemps.

— Tu prends la pilule ?

Elle hocha la tête.

Heureusement...

Pourtant, comme il prenait son mamelon entre ses lèvres, une étrange idée s'imposa à son esprit. Il voulait avoir un autre enfant avec elle. La perspective de voir son corps changer comme leur bébé grandissait en elle avait quelque chose de plus érotique que de la regarder se déshabiller devant lui pour découvrir les marques laissées par sa grossesse.

Choqué par la tournure que prenaient ses pensées, et par

l'onde, brutale et puissante de désir qu'elles éveillaient en lui, il se força à oublier ces considérations ridicules.

Se plaçant derrière elle, il lui caressa les fesses tout en libérant enfin son membre en érection.

— Prépare-toi.

Lacey obéit instinctivement, s'appuyant contre le tronc d'un palmier comme il glissait la main entre ses cuisses pour la caresser. Lentement, ses doigts taquinèrent son clitoris gonflé par l'excitation, et ses jambes se mirent à trembler.

— Je te veux en moi, souffla-t-elle.

La prenant par les hanches pour la maintenir en place, il la pénétra d'un mouvement fluide, la faisant jouir aussitôt.

Serrant les dents, il resta immobile, la laissant savourer son orgasme avant d'entamer un lent mouvement de va-et-vient qui lui arracha des gémissements de plaisir.

Il accéléra le rythme, bien déterminé à lui faire comprendre qu'elle lui appartenait corps et âme, à présent et pour toujours.

Lacey n'arrivait plus à réfléchir. Les mouvements de Brandon étaient brutaux, l'emmenant toujours plus haut et toujours plus loin vers des sommets inexplorés.

Soupirant de plaisir, elle se mordit les lèvres pour ne pas crier, ses doigts s'enfonçant dans l'écorce de l'arbre comme il lui agrippait les cheveux pour lui embrasser la nuque.

C'était incroyable ! Son corps entier semblait consumé par les flammes d'un immense brasier, mais ce n'était pas suffisant. Elle en voulait plus !

Comme s'il avait lu ses pensées, il reprit sa délicieuse torture, ses doigts frôlant le cœur de sa féminité, et lui arrachant un gémissement.

— Jouis pour moi, Lacey, ordonna-t-il alors qu'un éclair de plaisir la frappait de plein fouet, se transformant en une vague puissante que rien ne semblait pouvoir arrêter.

Se cambrant contre lui, elle hurla comme Brandon atteignait également l'orgasme dans un grognement sourd.

Le souffle court, elle retint un autre gémissement lorsqu'il se retira, la soulevant dans ses bras pour l'empêcher de s'écrouler.

Son corps ne lui obéissait plus, mais elle s'en moquait. Brandon l'avait marquée au fer rouge, lui donnant plus de plaisir que tout ce qu'elle aurait pu imaginer, mais il n'était pas sorti indemne de leurs ébats. Lui aussi tremblait, lui aussi avait ressenti ce lien puissant qui les unissait.

La ramenant dans la piscine, il l'aida à nettoyer son corps endolori, et elle ferma les yeux pour le laisser faire.

— Regarde-moi, Lacey, demanda-t-il d'une voix rauque.

Au prix d'un effort considérable, elle réussit à ouvrir les yeux.

— Ne pars plus jamais sans me dire où tu vas.

Lacey étudia son visage, et son cœur se serra. Brandon était inquiet pour elle, et ces mots étaient sans doute la seule façon dont il pouvait exprimer ses craintes. Pourtant, même si elle était touchée, elle ne pouvait pas les accepter. S'ils étaient la preuve que leur relation pouvait évoluer en quelque chose de plus profond, ils n'en restaient pas moins incroyablement arrogants et autoritaires.

— Je ne suis pas une enfant, Brandon, rétorqua-t-elle en s'écartant.

— Mais tu es ma femme.

— En effet, mais ça ne veut pas dire que je suis obligée de te dire où je suis chaque minute de la journée.

C'était d'autant plus vrai, vu la façon dont il l'avait traitée durant le trajet, comme si elle n'était qu'un jouet qu'il avait l'intention d'utiliser à sa guise.

— Vraiment ? l'interrogea-t-il en l'attrapant par le poignet pour la plaquer contre lui. Eh bien, tu devrais l'être.

Le cœur de Lacey se mit à battre la chamade. Ressentait-il lui aussi cet étrange lien qui les liait, ce besoin d'en avoir toujours plus ?

— Ce n'est peut-être pas un mariage conventionnel, déclara-t-elle, décidée à ne pas se laisser distraire par les sensations qu'il éveillait en elle, mais ça ne change rien au fait que nous sommes égaux.

Elle devait impérativement se battre pour qu'il comprenne qu'ils avaient tous les deux un rôle à jouer et qu'elle ne se contenterait pas de lui obéir aveuglément. C'était la seule solution pour assurer leur avenir et pour qu'il s'ouvre enfin à elle.

Lui caressant la joue, elle plongea son regard dans le sien.

— Si tu t'inquiètes pour moi, tu as le droit de l'exprimer, Brandon. Je serais ravie de te rassurer si nécessaire, ajouta-t-elle en se forçant à baisser ses défenses pour lui montrer l'espoir brûlant en elle.

Il ne l'aimait pas, pas encore. Il était bien trop tôt pour parler d'amour entre eux, car ils craignaient tous les deux de se montrer vulnérables. Elle le comprenait, mais s'ils voulaient que leur mariage ait une chance de réussir, ils allaient devoir se montrer honnêtes l'un envers l'autre.

Brandon fronça les sourcils, le regardant d'un air méfiant avant de tourner la tête pour déposer un baiser sur sa paume.

— D'accord, soupira-t-il. J'étais inquiet pour toi parce que je ne savais pas où tu étais. Ça vous suffit, madame Cade ?

Il semblait tellement ennuyé qu'elle se retint d'éclater de rire.

— Tout à fait, monsieur Cade, rétorqua-t-elle, heureuse, en se jetant dans ses bras.

Poussant un juron, il tomba en arrière, l'entraînant dans sa chute.

— Petite sorcière, dit-il en remontant à la surface. Tu as failli nous noyer. Je devrais te punir, ajouta-t-il avec un sourire.

— Pour ça, il va falloir que tu m'attrapes, déclara-t-elle en lui envoyant de l'eau au visage.

Poussant un cri de joie, elle s'éloigna comme il se lançait à sa poursuite, éclatant de rire tout en s'efforçant de lui échapper.

Et lorsqu'il la rattrapa enfin, la fossette se creusant dans ses joues sombres et la lueur amusée brillant dans son regard lui coupèrent le souffle. Il était tellement beau que ça en devenait douloureux.

13

— Brandon, il faut que nous parlions de ce qui va se passer à notre retour en Angleterre, déclara-t-elle en coupant un morceau de thon.

Elle avait veillé à parler d'un ton calme, mais son cœur battait la chamade dans sa poitrine.

Leur lune de miel touchait à sa fin, et elle avait été incroyablement romantique. Brandon lui avait fait l'amour à différents endroits de l'île, lui permettant d'explorer son corps et de mieux le comprendre. Il l'avait également encouragée à faire du *snorkeling* et de la descente en rappel sur une falaise de l'île avant de l'emmener faire une promenade en jet-ski pour rejoindre un bar installé sur la plage où des employés leur avaient servi un repas digne d'un restaurant étoilé.

La seule ombre au tableau était son refus de passer la nuit avec elle. Il avait toujours une bonne excuse, mais elle s'était efforcée de ne pas paniquer. La patience était la clé pour apprendre à connaître son mari. D'après ce que Brandon lui avait confié, il avait longtemps vécu seul et n'était pas habitué à partager ses secrets, son lit et certainement pas sa vie.

Ils avaient d'ailleurs évité tout sujet fâcheux, profitant de cette semaine au paradis pour apprendre à mieux se connaître ou, au moins, à se faire davantage confiance, mais la réalité était sur le point de reprendre ses droits. Ils avaient des décisions importantes à prendre pour l'avenir de leur famille. Ils ne pouvaient pas rester éternellement dans le Wiltshire.

Lors de leur dernière conversation vidéo, Ruby avait avoué que ses amis de la crèche lui manquaient et qu'elle avait envie d'y retourner. Il serait donc illogique de l'envoyer dans un endroit où elle ne connaissait personne.

Il y avait également la question de son travail. La plupart des journaux importants possédaient des bureaux à Londres. Elle devrait s'y rendre régulièrement si elle souhaitait avoir une chance de reconstruire sa carrière.

— De quoi veux-tu parler ? demanda Brandon.

Il ne semblait pas de bonne humeur, mais Lacey ne se laissa pas décourager. C'était une conversation parfaitement normale entre une épouse et son mari.

— J'ai reçu un texto d'un ancien collègue de *Splendour*. Apparemment, *Buzz* recherche un journaliste pour écrire des articles en ligne. J'envisage de postuler dès notre retour.

Brandon posa ses couverts et fronça les sourcils.

— *Buzz* ? Ce ne serait pas le magazine de Roman Garner ?

— Il en possède plusieurs parts, en effet.

Garner Media était un concurrent direct de Cade Inc, mais le petit magazine en ligne ne faisait pas le poids face à l'empire médiatique de Brandon.

— Dans ce cas, la réponse est non, déclara-t-il d'un ton sans appel.

— Pardon ?

— Tu m'as compris. Je ne veux pas que tu travailles pour ce salaud, ajouta-t-il en prenant une bouchée de steak comme si la conversation était terminée.

— Je n'ai pas demandé ta permission, Brandon.

Comment osait-il la traiter comme une enfant ? Et dire qu'elle pensait avoir fait des progrès avec lui...

— Je voulais simplement te prévenir.

— Si tu veux un emploi, je peux t'en trouver un chez Cade Inc.

— Je ne peux pas travailler pour toi, Brandon. Je suis ta femme !

— Et alors ?

— Tout le monde pensera que j'ai décroché ce travail parce que je suis mariée avec toi. Les relations avec mes collègues seraient intenables. Tu peux le comprendre, non ?

Il acquiesça avant de reprendre :

— Dans ce cas, je peux acheter *Buzz* pour toi. Le fait que tu sois ma femme ne sera plus un problème si tu deviens la propriétaire du journal. Et tu pourrais décider toi-même de ton rythme de travail.

— Ne sois pas ridicule, Brandon. J'apprécie ta...

Ta proposition complètement folle ?

— J'apprécie ta générosité, réussit-elle à dire, mais je n'ai pas assez d'expérience pour diriger un journal.

Elle n'en avait d'ailleurs aucune envie. Ce qui l'intéressait était d'écrire des articles.

— Et puis, je sais que tu n'aimes pas les magazines people.

Visiblement irrité par son refus, il serra les mâchoires. Détestait-il tant Roman Garner ou avait-il une autre raison de se montrer aussi insistant ?

— Je ne veux pas que tu m'achètes un magazine, je veux simplement trouver un travail. Ma carrière est importante pour moi.

— Pourquoi ? Être la mère de Ruby ne te suffit pas ?

Le cœur de Lacey se serra. Craignait-il qu'elle se comporte comme sa mère qui l'avait abandonné par amour de l'argent ?

— Tu as fini ? s'enquit-elle en se levant. J'aimerais poursuivre cette conversation en privé.

Les serveurs veillaient à rester à bonne distance, mais elle ne voulait prendre aucun risque.

— Je ne vais pas changer d'avis, la prévint-il en se levant à son tour.

— Discutons.

Le bruit des vagues et la lumière de la lune rendaient l'atmosphère romantique, mais Lacey était trop tendue pour s'en soucier.

Brandon détestait parler de ses sentiments, sans doute parce qu'il avait passé la majeure partie de sa vie à en nier l'existence. Ses relations compliquées avec ses parents l'avaient profondément marqué, mais il fallait impérativement qu'il apprenne à lui faire confiance en tant que mère, mais également en tant qu'épouse. Et pour cela, il devait lui pardonner de lui avoir caché la vérité sur Ruby.

Il ne lui avait d'ailleurs jamais demandé pourquoi elle avait agi ainsi, et il n'en avait probablement pas l'intention. Lui poser ce genre de question le forcerait à affronter ses émotions, mais il ne pouvait pas fuir éternellement.

— Peut-on parler franchement ?

— Si tu y tiens...

Lacey soupira. Elle n'avait pas le choix : elle devait s'ouvrir à lui si elle souhaitait qu'il comprenne et se confie enfin à elle. Sa décision de garder le silence sur l'existence de Ruby n'était pas l'erreur d'une jeune fille naïve et peu sûre d'elle. Elle était la conséquence de sa relation avec son père.

— Je sais exactement ce que ça fait d'avoir un salaud pour père, commença-t-elle.

Brandon se tendit en avisant la lueur de compassion brillant dans les yeux de Lacey. Comment en étaient-ils venus à parler de son père ?

— Le mien nous a abandonnées quand Milly et moi étions encore trop jeunes pour nous souvenir de lui. Il n'est jamais revenu, ajouta-t-elle d'un ton dénué de la moindre émotion. Nous avons découvert qu'il avait une autre famille peu après la mort de ma mère. Des fils dont il était fier, une épouse qu'il aimait... Nous l'avons contacté après l'enterrement de ma mère, mais il ne voulait pas nous voir. Il se moquait de ce qui pouvait nous arriver, poursuivit-elle avec un sourire amer. C'est sans doute pour ça que maman ne parlait jamais de lui. Elle a toujours insisté sur un point : nous n'étions pas responsables de son incapacité à nous aimer. Je réalise aujourd'hui que j'ai toujours eu du mal à accepter ce fait.

Secouant la tête, elle poursuivit :

— Je suis vraiment désolée que ta mère n'ait pas été là pour toi. Tu méritais mieux.

Une vive douleur lui saisit la poitrine, et Brandon retint un juron. Il ne l'avait pas interrogée sur son passé, car il craignait qu'elle se montre curieuse sur le sien, mais c'était la façon la plus simple de maintenir une certaine distance entre eux.

Pourtant, à la voir ainsi parler de son père sans amertume et sans regret, il ne pouvait pas s'empêcher de la trouver incroyablement courageuse.

— Quel âge aviez-vous quand ta mère est morte ?

— Milly avait quinze ans et je venais d'en avoir dix-huit.

— Ça n'a pas dû être facile, commenta-t-il en se rappelant la jeune fille intelligente et ambitieuse qu'elle était alors.

À l'époque, il n'avait pas réalisé qu'elle était si jeune parce qu'elle semblait si sûre d'elle en flirtant avec lui.

Lacey haussa les épaules.

— Heureusement, les services sociaux ont accepté de me confier Milly, et j'avais déjà trouvé un stage rémunéré chez Cade Inc.

— Et j'ai tout fichu en l'air, dit-il en se passant la main dans les cheveux.

Il avait fait des efforts pour lui pardonner de lui avoir caché l'existence de Ruby, mais il n'avait jamais pris la peine de chercher à comprendre sa décision. Il n'avait jamais non plus envisagé qu'elle s'était retrouvée enceinte et sans emploi par sa faute. Pourquoi ne s'était-il pas assuré que cette nuit fatidique n'avait eu aucune conséquence ?

— C'était une erreur. Je sais que tu n'avais pas l'intention de détruire ma carrière.

— Bon Dieu, Lacey ! Tu étais vierge et tu n'avais que dix-neuf ans ! J'ai remarqué que le préservatif s'était déchiré, mais je ne t'ai jamais contactée !

Visiblement choquée, Lacey écarquilla les yeux, renforçant

sa mauvaise humeur. Il s'était conduit comme un salaud, même si elle ne semblait pas lui en vouloir. Les faits étaient là.

— S'il ne s'était pas déchiré, nous n'aurions pas Ruby. Tu n'as pas à t'excuser.

— C'est faux. Je te dois des excuses.

Il aurait dû lui en présenter après avoir découvert l'existence de Ruby.

— Très bien, j'accepte tes excuses, affirma-t-elle, une étrange lueur passant dans ses yeux, mais elles ne signifient rien si tu n'arrives pas à me pardonner.

La lune éclairait son visage lui donnant l'air à la fois plus jeune et plus vulnérable, et quelque chose sembla se briser en lui.

— Te pardonner ?

— J'ai commis une terrible erreur en ne te parlant pas de Ruby. Je ne te faisais pas confiance, mais je réalise aujourd'hui que j'ai agi ainsi à cause de mon père, expliqua-t-elle avec un sourire triste. Je t'ai rendu responsable de ce qu'il a fait. Je t'ai jugé alors que je te connaissais à peine. Je me suis convaincue que tu ferais un mauvais père alors que je n'en avais pas le droit.

Brandon cilla. La facilité avec laquelle elle avait accepté ses excuses le mettait mal à l'aise.

— Je me suis comporté comme un salaud arrogant cette nuit-là. Je comprends pourquoi tu ne m'as jamais parlé de Ruby.

Pourquoi le laissait-elle s'en sortir aussi facilement ? Ça n'avait aucun sens.

— Tu t'es conduit comme un crétin, concéda-t-elle avec un sourire, mais je n'étais qu'une petite idiote à l'époque. Je suis prête à te pardonner si tu en fais autant.

En guise de réponse, il lui prit la main. Il avait besoin de la toucher.

Ils avaient fait l'amour avec une passion dévorante durant près d'une semaine. Lacey n'était pas seulement une partenaire sexuelle incroyable, elle avait un côté aventureux et espiègle qui le fascinait. Elle était également une excellente mère, patiente, attentionnée et aimante.

— Je sais que tu ne fais pas facilement confiance aux autres, Brandon, et je pense savoir pourquoi. Tes parents qui auraient dû te soutenir et t'aimer t'ont trahi, expliqua-t-elle en serrant sa main. Tu m'as demandé pourquoi être la mère de Ruby ne me suffisait pas, mais ça me suffit. Je l'aime de tout mon cœur et de toute mon âme, et je l'aimerai toujours, mais je peux être sa mère et avoir une carrière. Je le sais, et j'ai besoin que tu me fasses confiance, conclut-elle.

— D'accord, concéda-t-il, la voix lourde d'une émotion qu'il ne voulait ni ressentir ni comprendre.

Lacey ne le savait pas, et il ne l'avait pas réalisé non plus, mais il lui faisait déjà confiance alors qu'il s'était juré de garder ses distances. Il n'était plus ce petit garçon en mal d'amour, mais la perspective que Lacey puisse venir à bout de ses défenses le terrifiait. Il refusait de souffrir de nouveau.

Posant son autre main sur sa hanche, il l'attira à lui.

— Je ne vois pas en quoi tout ça a un rapport avec Roman Garner.

Il ne voulait pas qu'elle travaille pour lui parce qu'elle lui appartenait. Elle finirait par découvrir qu'il ne pouvait pas lui donner tout ce dont elle rêvait, mais il n'avait pas l'intention de la laisser lui échapper.

— Je cherche simplement à t'expliquer que ce mariage est un partenariat, Brandon, dans lequel nous pouvons tous les deux obtenir ce que vous voulons, précisa-t-elle en lui adressant un sourire mutin tout en se frottant contre lui. À condition que nous soyons honnêtes l'un envers l'autre.

Le prenant par la main, elle l'emmena vers son bungalow, et une lance de désir vint se ficher dans ses reins. C'était la première fois qu'elle prenait l'initiative, et tout son corps était en feu. Il ne s'agissait pourtant que de sexe et de construire un foyer pour leur fille, il ne devait pas l'oublier.

Grimpant les marches en silence, il l'attira à lui, et elle glissa aussitôt les bras autour de son cou pour l'embrasser.

Lentement, il la goûta, veillant néanmoins à la laisser mener cette danse sensuelle jusqu'à ce qu'elle gémisse et que des flammes ardentes viennent lui lécher le corps, le mettant au supplice. Il avait besoin de la prendre, sur-le-champ !

Ils firent l'amour avec empressement sur son lit puis avec douceur dans la douche, et Lacey s'offrit à lui sans retenue, s'abandonnant à ses caresses comme il luttait pour garder cette partie de lui, vulnérable, bien cachée au fond de son cœur.

Il ne pouvait pas se permettre de donner à qui que ce soit le pouvoir de le faire souffrir, même pas à elle...

Lacey sentit Brandon remuer et ouvrit les yeux.

— Où vas-tu ? s'enquit-elle en le retenant par le bras.

Il avait l'intention de la laisser alors qu'ils avaient fait tant de progrès ?

Posant sa main sur la sienne, il la caressa doucement.

— Tu es encore réveillée ? Je pensais que je t'avais épuisée, ajouta-t-il d'une voix sensuelle.

Il n'avait pas répondu à sa question, mais elle se força à le relâcher.

— C'est le cas, affirma-t-elle en se rallongeant. Tu n'es pas obligé de retourner dans ton bungalow.

S'attendait-il réellement à ce qu'elle insiste pour faire chambre à part après ce qu'ils avaient partagé durant la semaine ?

— J'aimerais me réveiller avec toi à mes côtés.

Il sourit, mais il semblait étrangement distant.

— Tu es insatiable.

Lacey s'efforça de masquer sa déception. Ce n'était pas une question de sexe pour elle. C'était plus que ça, mais Brandon ne partageait visiblement pas ses sentiments. Pourtant, elle ne put s'empêcher de se blottir dans ses bras quand il se coucha à ses côtés.

Elle ne devait pas le presser, mais elle ne pouvait pas non

plus se résoudre à le laisser partir parce qu'elle était en train de tomber éperdument et irrémédiablement amoureuse de lui.

— J'ai beaucoup réfléchi, annonça-t-il en lui caressant les cheveux. Pourquoi tu n'arrêterais pas de prendre la pilule quand nous serons de retour en Angleterre ?

— Quoi ? fit-elle en se redressant d'un bond.

Posant une main sur son ventre, il le caressa, une lueur sensuelle et possessive s'allumant dans ses yeux émeraude.

— Ruby aura cinq ans dans quelques mois, et je ne veux pas qu'elle soit fille unique. Je sais ce que c'est, ajouta-t-il d'un air sombre, et c'est loin d'être agréable. Je veux aussi avoir la chance de te voir porter mon enfant.

Il semblait si sincère que son cœur se mit à battre la chamade. Leur mariage avait-il réellement une chance de réussir ?

— Je n'imagine rien de plus érotique, avoua-t-il en taquinant la pointe de son mamelon, lui arrachant un soupir de plaisir.

Lacey avait du mal à réfléchir tant elle le désirait, mais elle ne pouvait plus se contenter de plaisir physique. Elle en voulait davantage. Elle voulait être aimée.

Posant sa main sur la sienne pour l'immobiliser, elle s'efforça de se calmer. Elle devait se montrer prudente.

Brandon la désirait, et il avait besoin d'elle. Son envie d'avoir un autre enfant avec elle était touchante et merveilleuse, mais elle ne signifiait pas qu'il ressentait la même chose qu'elle.

— Pourrais-tu me laisser le temps d'y réfléchir ?

Elle souhaitait avoir d'autres enfants avec lui, mais ils n'étaient pas prêts à devenir de nouveau parents.

— Nous ne sommes mariés que depuis une semaine.

— Tu as raison, rétorqua-t-il en éclatant de rire en la tirant vers lui. Tu devrais dormir. Nous partons tôt demain matin. Nous pourrons commencer à chercher une maison dès notre retour à Londres, si c'est ce que tu veux ?

Étouffant un bâillement, elle acquiesça et se rallongea, appréciant la chaleur de son corps contre le sien.

Le lendemain matin, elle se réveilla seule, une fois de plus, mais réussit à se convaincre que Brandon s'était levé tôt pour préparer leur départ.

Et lorsqu'ils retournèrent à Londres pour emménager dans leur nouvelle maison, elle se répéta que ça n'avait aucune importance qu'ils ne partagent pas le même lit.

Avec le temps et la patience, leurs liens finiraient par se renforcer. Brandon apprendrait à lui faire confiance. Elle n'avait rien à craindre, même si elle était tombée amoureuse de cet homme incroyablement viril et séduisant qui était devenu son mari et le père de sa fille.

14

Un mois plus tard

— Brandon, tu aurais une minute ? demanda-t-elle, ravie de trouver son mari dans son bureau.

Ça n'arrivait pas souvent, et elle était pressée de lui apprendre la bonne nouvelle.

— Oui. Tu tombes bien, j'ai à te parler également, annonça-t-il en fermant le capot de son portable.

Avisant l'expression sérieuse de son visage, l'excitation de Lacey retomba. S'était-il passé quelque chose ? En y réfléchissant bien, ce n'était pas normal qu'il n'ait pas encore quitté la maison.

Se mordillant les lèvres, elle tenta de combattre la panique montant en elle. Ses inquiétudes appartenaient à l'ancienne Lizzy Devlin. Lacey Cade, elle, avait non seulement épousé un homme incroyable, mais elle avait également passé un entretien vidéo avec *Buzz*, magazine qui venait de la rappeler pour lui offrir le poste !

Avec un peu de chance, Brandon serait heureux pour elle. S'il avait exprimé des réticences à ce qu'elle retourne travailler, leur relation avait bien évolué depuis.

Brandon était un amant à la fois exigeant et généreux qui aimait lui faire repousser ses limites. Elle adorait explorer ce lien puissant qui les unissait et embrasait son corps dès que leurs regards se croisaient. Elle n'avait jamais été aussi heureuse de toute son existence, d'autant qu'il s'entendait de mieux en mieux avec Ruby. C'était une véritable bénédiction de regarder l'amour qu'ils se portaient grandir petit à petit.

Bien entendu, tout n'était pas parfait. Brandon regagnait sa chambre chaque soir après lui avoir fait l'amour, mais elle avait décidé de se montrer patiente. Il avait ses propres démons à combattre, et ce n'était qu'une question de temps pour qu'il s'ouvre à elle et fasse tomber ses défenses.

— Tant mieux, parce que j'ai une excellente nouvelle à t'annoncer !

— J'ai appris que tu avais reçu une offre d'emploi de *Buzz*...

— Oui, c'est... c'est ça, dit-elle, déçue qu'il ait gâché sa surprise. Comment l'as-tu appris ? Ils me l'ont annoncé il y a dix minutes à peine.

— Ce n'est pas la question, déclara-t-il, une étrange expression sur le visage. Je pensais que nous étions d'accord pour que tu n'y travailles pas.

— Quand avons-nous pris cette décision ?

Et pourquoi la regardait-il comme si elle avait commis un crime ?

— Nous avons parlé d'avoir un autre enfant. Tu as dit que tu y réfléchirais, continua-t-il d'un ton lourd de reproches, mais j'ai découvert ce matin que tu avais reçu une prescription de pilules contraceptives pour les six prochains mois.

Le souffle de Lacey se bloqua dans sa poitrine, et elle eut l'impression de se retrouver devant son père, le jour suivant l'enterrement de sa mère. Il lui avait annoncé que, même s'il était désolé pour elle et pour sa sœur, il avait déjà une famille et n'avait pas le temps de s'occuper d'elles.

— Comment sais-tu que j'ai fait renouveler ma prescription ?

Il aurait été tellement plus facile de se mettre en colère contre lui au lieu de ressentir cette douleur atroce lui serrant le cœur.

— J'ai trouvé les pilules dans l'armoire de ta salle de bains, expliqua-t-il en se levant. Après avoir appris que tu avais trouvé un emploi !

Il semblait à la fois furieux et blessé, comme si elle l'avait trahi.

— Nous avions un accord, Lacey. Tu m'as demandé de te faire confiance et je l'ai fait, mais tu as postulé chez *Buzz* sans m'en parler.

À ces mots, l'espoir qu'elle entretenait depuis leur retour des Bermudes vacilla. Elle s'était convaincue que leur relation avait évolué et qu'il commençait à éprouver des sentiments pour elle, mais ce n'était qu'une illusion. Il était déterminé à maintenir de la distance entre eux, quoi qu'elle fasse ou dise.

— Tu n'avais pas le droit de vérifier ma prescription, et je ne vois pas pourquoi je ne pourrais pas avoir un emploi et un enfant. Mais ce n'est pas la question, continua-t-elle en secouant la tête. J'ai dit que j'y réfléchirai, mais je réalise à présent que je ne peux pas avoir un autre enfant avec toi.

— Pourquoi ?

— Parce que je ne suis pas prête à mettre un autre enfant au monde au beau milieu d'un mariage qui ne fonctionne pas.

Il ne s'était pas ouvert à elle ni à la possibilité de pouvoir aimer. Il refusait toujours de passer la nuit avec elle et disparaissait après lui avoir fait l'amour, mais elle l'avait accepté parce qu'elle l'aimait. Las, ce n'était pas suffisant. Elle en voulait plus, et elle méritait mieux.

— Qu'est-ce que tu racontes ? Nous sommes en train de construire un foyer pour notre enfant. Je te désire, je n'arrive pas à me passer de toi et je sais que tu ressens la même chose. Que te manque-t-il ?

— De l'amour.

— De l'amour ? répéta-t-il en fronçant les sourcils.

— Je t'aime, Brandon, lâcha-t-elle, incapable de lui cacher la vérité plus longtemps.

Elle n'avait pourtant jamais envisagé de lui avouer ses sentiments d'une façon aussi pathétique. C'était censé être un instant mémorable, merveilleux, mais Brandon la contemplait comme si ses paroles n'avaient aucun sens.

— Si tu m'aimes, pourquoi ne veux-tu pas avoir un autre enfant avec moi ? l'interrogea-t-il d'une voix rauque.

— Parce que tu ne m'aimes pas, et que je ne suis pas sûre que tu en seras un jour capable, déclara-t-elle en tremblant.

Brandon serra les poings dans l'espoir de combattre la panique montant en lui. Il ne pouvait pas la perdre, pas après avoir découvert à quoi pouvait ressembler sa vie avec Lacey, Ruby, et un autre enfant.

Il lui faisait l'amour avec passion chaque nuit dans l'espoir de la marquer et de se prouver qu'elle lui appartenait, mais une part de lui ne parvenait pas à trouver le repos. Il s'inquiétait dès qu'elle s'éloignait de lui, et la perspective de la laisser travailler pour un salaud libidineux comme Roman Garner lui était insoutenable.

Son désir d'avoir un autre enfant, qui n'était au départ qu'un fantasme, était devenu la solution parfaite pour s'assurer qu'elle ne le quitterait jamais. Une femme aussi passionnée, intelligente et merveilleuse que Lacey ne pourrait jamais s'attacher à un homme comme lui, mais si elle portait son enfant, il n'aurait plus rien à craindre.

Las, il avait tout gâché. Lacey voulait son amour, la seule chose qu'il était incapable de lui donner. Il avait fait des efforts, mais dès qu'il commençait à baisser sa garde, sa peur le ramenait à cette époque horrible où il n'était qu'un petit garçon rêvant désespérément d'être aimé. C'était sans espoir.

— Je ne veux pas que tu travailles pour Roman Garner, déclara-t-il en s'efforçant de parler d'un ton égal.

Si elle savait combien il avait besoin de la voir rentrer chaque soir et de la retrouver au petit déjeuner avant de partir au travail, elle s'en servirait contre lui.

Elle ouvrit la bouche, mais la referma, l'émotion brillant dans ses yeux lui brisant le cœur. Elle était déçue...

— Tu es ma femme et il est mon concurrent, poursuivit-il d'une voix plus ferme.

Il n'était plus ce petit garçon fragile. Il était un homme riche et puissant qui ne devait pas laisser transparaître les peurs qui l'avaient torturé durant son enfance.

— Nous pourrons parler d'un second enfant quand tu seras de meilleure humeur.

Lacey cilla, et sembla lutter pour retenir ses larmes.

— Il ne s'agit pas de mon travail ou de mon refus d'avoir un autre enfant pour l'instant, Brandon, affirma-t-elle avec un sourire triste. Le véritable problème réside dans ce que tu es prêt à faire et à me donner.

— Je te veux dans ma vie. Je veux que tu sois ma femme et la mère de mes enfants. Pourquoi cela ne te suffit-il pas ? s'enquit-il, désespéré.

Si elle n'était pas prête à avoir un autre enfant, il allait devoir lui trouver un emploi chez Cade Inc.

— Tu ne peux même pas passer une nuit dans mon lit...

— Je t'ai expliqué que j'avais des insomnies et que je ne voulais pas te déranger.

— Et je t'ai déjà dit que je m'en fichais. Il faut que tu t'ouvres à moi et que tu te confies à moi pour que je puisse apprendre à te connaître. Pourquoi cela te terrifie-t-il à ce point ? lui demanda-t-elle en penchant la tête.

— Je ne suis pas doué pour ces choses-là.

C'était une excuse pathétique, mais comment pouvait-il lui avouer qu'il était terrifié parce qu'il savait au plus profond de son être que personne ne pourrait jamais l'aimer véritablement ? C'était impossible. Il n'en avait tout simplement pas la force.

— Dans ce cas, nous ne pourrons jamais avoir un vrai mariage, Brandon, déclara-t-elle alors que ses larmes se mettaient à couler. Et c'est pourtant tout ce que je voulais.

Tournant les talons, elle quitta la pièce sans un regard en arrière.

Brandon eut soudain du mal à respirer. Une douleur atroce

lui serrait la poitrine comme il s'efforçait de prendre de grandes inspirations, en vain.

Retenant un juron, il ferma les yeux, la colère prenant le pas sur la peur. Ils avaient un accord. Lacey devait en respecter les termes. Elle ne pouvait pas changer d'avis après seulement un mois, pas après ce qu'elle lui avait fait il y a cinq ans.

Pourtant, comme il quittait son bureau, il se mit à réfléchir furieusement à la façon de combler le gouffre qui s'était ouvert en lui et menaçait de l'engloutir tout entier.

15

— Pourquoi papa ne rentre pas à la maison ce soir ? demanda en bâillant Ruby.

— Je t'ai déjà expliqué qu'il avait du travail, répondit Lacey en ignorant la douleur lui serrant le cœur. Il va se faire pardonner demain. Daryl m'a dit que papa avait acheté des tickets pour t'emmener au zoo. Rien que vous deux, ajouta-t-elle avec un sourire forcé.

Daryl lui avait envoyé un texto vingt minutes plus tôt pour la prévenir des projets de son mari, et elle avait soudain eu l'impression de se retrouver le jour où il avait appris l'existence de Ruby.

Sa décision de la contacter via son assistant prouvait qu'il avait l'intention de l'éviter après leur discussion. Elle-même était d'ailleurs épuisée. L'espoir auquel elle s'était accrochée ces quatre dernières semaines semblait être définitivement mort. Qu'était-elle censée faire à présent ? Elle lui avait demandé de l'aimer, ou au moins d'essayer, et il avait refusé.

— C'est vrai, maman ? l'interrogea Ruby, ses yeux brillant d'excitation. Je vais passer une journée entière avec papa ? J'adore le zoo !

Lacey acquiesça et la borda avant de quitter rapidement sa chambre.

Ruby aimait profondément son père, et elle avait besoin de lui, mais Lacey ne pouvait pas rester mariée à un homme qui ne voulait même pas envisager qu'il puisse un jour l'aimer. Cette situation finirait par la détruire.

Vérifiant l'heure sur son portable, elle décida de se servir un verre de vin et s'installa dans le salon pour attendre son époux. Les minutes s'égrenèrent lentement, accroissant son anxiété.

Brandon était un homme puissant qui détestait se montrer vulnérable. Il avait l'habitude d'obtenir ce qu'il voulait et n'était pas prêt à faire des compromis. Cette fois, pourtant, il n'avait pas le choix.

Elle ne pouvait pas vivre sans amour. Et s'il était incapable de l'aimer pour l'instant, elle avait besoin de connaître ses intentions. S'attendait-il à ce que leurs liens se limitent à leur alchimie sexuelle et leur fille ou pouvait-elle en espérer plus ?

Elle avait dû s'assoupir, car elle ouvrit les yeux pour découvrir sa silhouette dans l'encadrement de la porte.

— Lacey ? Tu n'es pas encore couchée ?

Il semblait surpris, ce qui la peina.

— Bien sûr que non. Je voulais terminer notre conversation de ce matin.

La rejoignant, il la plaqua contre lui et l'embrassa avec force, une vague de désir intense et brûlante montant en elle, menaçant de tout emporter sur son passage.

— C'est inutile, Brandon, dit-elle en le repoussant. Le sexe ne peut pas régler nos problèmes.

Elle s'attendait à ce qu'il cherche à l'embrasser de nouveau ou tente au moins de la convaincre qu'il avait raison, mais il se contenta de se laisser retomber sur le canapé.

— Je le sais.

Surprise, Lacey le contempla avec attention. Ses cheveux étaient décoiffés comme s'il y avait passé la main à de nombreuses reprises, et il semblait étonnamment vulnérable.

— Si tu veux accepter l'emploi chez *Buzz*, tu peux le faire. Je n'essaierai pas de t'en empêcher, ajouta-t-il d'une voix rauque. Et nous pouvons attendre aussi longtemps que tu le souhaites avant d'avoir un autre enfant.

Il avait l'air tellement désespéré qu'elle s'assit à ses côtés.

Leurs problèmes ne se résumaient pas à son travail ou à un autre enfant, mais Brandon faisait des efforts même si c'était difficile pour lui. Peut-être n'avait-il jamais cherché à la contrôler ? Peut-être s'efforçait-il simplement de garder le contrôle de ses sentiments ?

— Je ne te demande qu'une chose : ne me quitte pas.

Lacey retint une grimace. Il tentait de gagner son affection comme il avait dû le faire avec ses parents.

Posant une main sur sa cuisse, elle plongea son regard dans le sien.

— Je ne suis pas comme eux, Brandon.

— Qu'est-ce que tu veux dire ?

— Je ne vais pas te quitter simplement parce que nous nous sommes disputés ou parce que je suis insatisfaite. Le mariage est fait de compromis, et je suis certaine que nous aurons de nombreux désaccords, poursuivit-elle avec un sourire. Mais le mariage est également fait d'amour et de la liberté de faire nos propres choix.

Elle hésita avant de continuer. Brandon était venu à elle. Tout espoir n'était peut-être pas perdu, en fin de compte. Il était peut-être capable de l'aimer, mais il ignorait comment.

— Je sais que c'est effrayant. J'avais peur de t'aimer, mais je suis prête à t'offrir ce cadeau sans rien demander en retour. Je ne vais pas cesser de t'aimer ou menacer de t'abandonner pour obtenir ce que je veux. Je t'aime, Brandon. Tout ce que j'attends de toi est d'envisager la possibilité de m'aimer en retour.

Il se leva d'un bond en jurant, et le cœur de Lacey se brisa dans sa poitrine.

— Tu ne sais pas ce que tu me demandes, déclara-t-il, la gorge serrée en s'efforçant de maîtriser ses émotions.

Il avait fait plusieurs compromis. Pourquoi cela ne lui suffisait-il pas ?

— De quoi as-tu peur, Brandon ? fit-elle d'une voix douce qui vint à bout de ses dernières défenses.

Secouant la tête, il tenta de lutter, en vain. Il était de retour dans le bureau de son père, terrifié de se retrouver seul.

— Que se passe-t-il, Brandon ? s'enquit Lacey en posant une main dans son dos. Je ne peux pas t'aider si tu refuses d'en parler. Je suis certaine que nous pourrons trouver une solution.

Nous. Était-ce vraiment aussi facile ?

— Comment peux-tu m'aimer ?

Le petit garçon qu'il avait réduit au silence depuis si longtemps avait enfin retrouvé sa voix.

— Oh ! Brandon, souffla-t-elle, des larmes noyant ses magnifiques yeux bruns.

Prenant son visage dans ses mains, elle le força à tourner la tête.

— Je t'aime parce que tu m'as pardonnée de ne pas t'avoir parlé de ta fille. Je t'aime parce que tu es déterminé à devenir un bon père pour Ruby, continua-t-elle avec un sourire. Je t'aime pour ce que tu es – un père, un merveilleux amant et un mari –, et pour tout ce que tu pourrais être.

Brandon avait du mal à le croire. Lacey semblait capable de percer ses moindres secrets. Elle connaissait ses forces et ses faiblesses, et elle n'avait pas l'intention de l'abandonner.

— Laisse-moi entrer, laisse-nous entrer, Ruby et moi, le supplia-t-elle.

À ces mots, le bloc de glace enserrant son cœur se mit à fondre. Il était terrifié de souffrir de nouveau, mais Lacey avait raison. Il aimait leur fille. Pourquoi ne pouvait-il pas l'aimer également alors que tout en elle le fascinait et le captivait ?

Posant son front contre le sien, il soupira en glissant les mains sous son T-shirt.

— Je veux t'aimer, commença-t-il, mais je ne peux pas.

Lacey lui appartenait. Elle ne le quitterait pas, mais ce n'était pas aussi facile.

— Je ne supporte pas l'idée de te perdre, avoua-t-il en la serrant étroitement contre lui. Je sais que je vais commettre des erreurs, alors j'ai besoin que tu me promettes...

Il s'interrompit, se sentant à la fois ridicule et vulnérable.

— Je veux que tu me promettes de me dire la vérité si ça arrive. Et que tu me jures de ne jamais me quitter sans me donner une chance de me faire pardonner.

Lacey contempla cet homme séduisant, intelligent, fort et vulnérable qui l'aimait, même s'il n'en avait pas conscience. Il était incapable de le reconnaître pour l'instant parce qu'il était aussi terrifié qu'elle de ce que leur réservait l'avenir.

— Je ne suis pas comme lui, Brandon, lui rappela-t-elle en s'efforçant de lui faire comprendre combien elle l'aimait. Il ne te méritait pas, mais Ruby et moi...

Elle sourit en posant une main sur son ventre. Elle aussi voulait agrandir leur famille.

— Et tous les enfants que nous aurons un jour, nous te méritons.

— J'espère que vous réalisez que vous venez de vous engager envers moi, madame Cade. Et je vais avoir besoin que vous mettiez tout cela par écrit, plaisanta-t-il.

— Je signerai tout ce que vous voulez, monsieur Cade, rétorqua-t-elle en riant. Mais uniquement si vous signez aussi.

La soulevant dans ses bras, il rit à son tour avant de la serrer contre lui.

— Compte sur moi, dit-il en l'embrassant.

L'allongeant sur le sol, il la déshabilla lentement avant de lui faire l'amour avec passion.

Épilogue

Un an plus tard

— Papa, je peux voir le bébé ? demanda Ruby d'un air excité.

Brandon sourit comme il avançait dans le couloir de la maternité, sa fille dans les bras.

Il était aussi pressé qu'elle de retrouver Lacey et leur fils. Il avait quitté la maternité à 3 heures du matin, et s'était endormi dès que sa tête avait touché l'oreiller.

Le lit qu'il partageait chaque nuit avec Lacey grâce à l'amour incommensurable qu'elle lui portait ainsi qu'aux longues heures de thérapie qu'il suivait lui avait d'ailleurs semblé bien vide.

— Oui, il est prêt à te rencontrer.

Il était né trois semaines avant le terme, mais le voir blotti contre le sein de Lacey avait chassé toutes ses inquiétudes ainsi que les souvenirs terrifiants du visage grimaçant de son épouse pendant l'accouchement.

— Enfin ! commenta Ruby, lui arrachant un autre sourire.

Il n'avait jamais été aussi heureux de toute sa vie. Il aimait ses enfants et sa femme, et n'hésitait plus à le lui dire dès qu'il en avait l'occasion.

Lacey était son âme sœur, mais elle était également sa meilleure amie. Elle le fascinait, le captivait, mais n'hésitait jamais non plus à le défier. Avec leur fille, elle avait réparé son cœur brisé, ce qu'il n'avait jamais cru possible. Et à présent qu'ils avaient un fils, il lui tardait de vivre de nouvelles aventures.

Il avait d'ailleurs décidé de consacrer plus de temps à sa famille et de déléguer davantage de tâches dans son travail. À présent, il réalisait que son ambition et sa soif de succès étaient sa façon d'obtenir la reconnaissance et l'approbation de son défunt père. Il n'avait pas tout à fait renoncé à s'imposer sur le marché américain, mais il ne travaillait plus sept jours sur sept. Il profitait de ses week-ends et jouait les baby-sitters quand Lacey devait terminer un article ou une interview. Il prenait même un malin plaisir à l'emmener aux soirées qu'il fuyait autrefois, tant il était fier de l'avoir à ses côtés. Son existence auparavant morne et vide était à présent riche et pleine de vie.

Quand Lacey était tombée enceinte par accident, il n'avait pas pu s'empêcher de s'inquiéter à la perspective de devenir père de nouveau. Ses craintes avaient cependant fondu en regardant le ventre de Lacey s'arrondir au fur et à mesure que leur enfant grandissait en elle.

Posant Ruby, il ouvrit la porte de la chambre comme elle bondissait dans la pièce, et prit un instant pour observer son épouse installée dans un fauteuil, leur fils dans les bras, et Ruby se penchant précautionneusement pour faire connaissance avec son petit frère.

La scène était tellement touchante que son cœur rata un battement. Il devait se détendre. Oui, l'avenir était terrifiant, mais il n'était plus seul. Il avait Lacey et leur merveilleuse famille.

Comme si elle lisait ses pensées, Lacey plongea son regard dans le sien et lui adressa un grand sourire.

— Bonjour, monsieur Cade. J'espère que vous être prêt à nous faire sortir d'ici, parce que Junior et moi avons envie de rentrer à la maison.

La maison, un mot autrefois vide de sens et qui était devenu si important...

Le cœur débordant d'amour, il rejoignit son épouse et prit son fils en s'efforçant de ne pas le réveiller.

— Pourquoi crois-tu que j'aie amené une complice ? murmura-t-il avant de lui donner un baiser.

Comme toujours, elle s'abandonna à sa caresse, sa langue s'entremêlant à la sienne en une danse sensuelle qui le fit frémir de plaisir.

Son fils se mit soudain à pleurer comme Ruby poussait des cris de dégoût, et Brandon s'écarta à regret tandis que Lacey lui lançait un regard amusé.

— Il est temps de ramener nos enfants à la maison, madame Cade.

Ivre de bonheur, il lui adressa un sourire en lui prenant la main.